W0411850

SÉRIE NOIRE

Collection créée par Marcel Duhamel

DAVID GOODIS

TIREZ SUR LE PIANISTE

NOUVELLE TRADUCTION DE L'ANGLAIS (ÉTATS-UNIS) DE ROMAIN GUILLOU

PRÉFACE INÉDITE DE BENOÎT TADIÉ

nrf

GALLIMARD

Titre original :
DOWN THERE

PRÉFACE

Chez Raymond Chandler (*Le Grand Sommeil*, 1939), il pleut tout le temps. Chez David Goodis (*Tirez sur le pianiste*, 1956), il neige. En moins de vingt ans, la température du polar a baissé. L'effervescence des guerres de gangs et des rackets a laissé place au combat d'individus solitaires dans un univers refroidi, où le crime se consolide en grands blocs glaciaires (le *syndicate* sans visage), où la chaleur des relations humaines descend vers le zéro absolu.

Depuis son premier polar paru dix ans plus tôt, *Dark Passage* (« Cauchemar », 1946), Goodis avait tracé, avec quelques maîtres comme Jim Thompson ou Patricia Highsmith, la voie du roman noir d'après-guerre comme expression de la marginalité, de la désolidarisation du groupe social, d'une solitude radicale. Mais, contrairement à ce qui se passe chez Thompson ou Highsmith, pour qui le symptôme de cette solitude est la folie criminelle du protagoniste, elle prend chez Goodis la forme d'un détachement existentiel. Eddie, héros de *Tirez sur le pianiste*, est si proche du néant qu'il appartient à peine au monde. Il semble incarner le principe taoïste de la non-action et son trait le plus mémorable, comme chez le Chat du Cheshire de Lewis Carroll, est son sourire qui flotte en l'air, dématérialisé, déconcertant tous ceux qui l'approchent : ses malfrats de frères, Clifton et Turley, les tueurs qui les traquent, Feather et Morris, la serveuse qui s'éprend de lui, Lena, ou encore Plyne, le videur du bar où il joue du piano. Branché, comme le dit Lena, « sur une fréquence bizarre » qu'il est seul à capter, Eddie est par excellence le *désaffilié*, cette figure en laquelle le poète américain Kenneth Rexroth voyait le fondement commun au roman noir et à la littérature *beat* des années 1950. Nouvelle version, moins acrimonieuse, du *Nothing Man* inventé par Jim Thompson deux ans plus tôt (1954), voici Eddie, ce monsieur personne au regard et à la parole tranquilles « dont la somme des envies et des ambitions devait être proche de zéro (« *the soft-eyed, soft-mouthed nobody whose ambitions and goals aimed at exactly zero* »). La musique, art désincarné, est la forme de son effacement du monde. Elle dessine une ligne de fuite au cœur du récit. Il y a ainsi un moment très beau, très goodisien, où, après avoir été embarqué de force dans la voiture de Feather et Morris, Eddie entend du jazz à la radio : « La musique était joliment posée, entre le saxophone aux sonorités douces et le toucher léger de l'expert au clavier. C'est du très bon piano, remarqua Eddie. Je crois que c'est Bud Powell. » Oubliés les tueurs : voici Eddie qui s'enfuit sur une tangente musicale, où il rejoint Bud Powell – ce grand pianiste noir qui laissera derrière lui des interprétations géniales du bop, legs d'une brève et tragique existence, et inspirera trente ans plus tard le film *Autour de minuit* de Bertrand Tavernier.

Mais la fuite du héros est, comme il se doit, illusoire. L'aventure criminelle, qui représente le côté matériel de la vie, vient chercher Eddie au fond du trou où il s'est planqué, enlève ses doigts du piano et lui met une arme dans les mains. L'histoire des romans de Goodis, c'est l'histoire de la chute, ou plutôt de la rechute, d'un homme dans une histoire à laquelle il cherche à échapper. C'est pourquoi, dans nombre de ses romans et nouvelles, on découvre vers le milieu du récit que le protagoniste avait précédemment été brisé par la vie, ou qu'il était prisonnier d'une intrigue criminelle avec laquelle il avait essayé de rompre. C'est aussi pourquoi la tragédie goodisienne se déroule en trois actes : introduction, flash-back, dénouement. Le flash-back central figure un retour du refoulé : ce moment où, malgré ses efforts, le héros est rattrapé par la vie, contraint d'assumer, reprendre et mener à son terme l'histoire qu'il avait interrompue. Eddie est comme un cycliste rattrapé par le peloton. Sa fuite l'a ramené à l'endroit d'où il était parti. Ainsi, en revoyant la planque de ses frères dans le South Jersey, il se dit : « Tu sais, je crois reconnaître un certain schéma. C'est un cercle vicieux. En fait, tu prends tes cliques et tes claques, tu tentes de t'éloigner coûte que coûte, mais d'une manière ou d'une autre, tu te fais entraîner dans cette spirale qui te ramène à ton point de départ. Eh bien, je suppose que c'est dans l'ordre des choses. »

Le style de Goodis exprime la tension interne au personnage, pris entre son histoire et la volonté d'y échapper. Un style unique, envoûtant, répétitif, fondé sur le décalage entre la conscience et l'action. Il se caractérise par deux traits principaux, l'utilisation du dialogue intérieur et celle de la forme progressive du passé, qui isolent certains moments dans la chaîne chronologique et les rendent énigmatiques aux yeux du personnage principal. C'est que le héros goodisien, étranger au monde, l'est aussi à lui-même : spectateur des moments surprenants de sa propre histoire, il essaie de comprendre ce qui lui arrive, de contrôler ses actions. Mais il est en retard sur lui-même. Ainsi au début du roman, lorsque Feather et Morris déboulent dans le bar où il joue du piano : « Regarde pas, se dit Eddie à lui-même. Tu jettes un seul coup d'œil et c'est plié, ils vont t'entraîner dans leurs embrouilles. Ça t'intéresse pas, t'es là pour jouer du piano, un point c'est tout. Mais c'est quoi ça ? Qu'est-ce qui se passe ? La musique s'est arrêtée, tes doigts ont quitté le clavier. » À cet instant où la violence prend le pas sur la musique, répond une scène symétrique aux dernières lignes du roman, quand la musique renaît sous les doigts d'Eddie. Et sa conscience, alourdie par le chagrin, a encore une fois un temps de retard. C'est un des plus beaux moments de l'œuvre de Goodis, dont François Truffaut et Charles Aznavour, dans le dernier plan du film *Tirez sur le pianiste*, ont su trouver l'équivalent visuel et musical.

De toutes les adaptations de Goodis, celle de Truffaut n'est pas la plus fidèle à l'esprit de ses romans. De ce point de vue, on pourra lui préférer *Nightfall* de Jacques Tourneur ou *The Burglar* de Paul Wendkos, tous deux de 1957. En comparaison, *Tirez sur le pianiste* surprend par ses ruptures de ton. Les premiers critiques américains, à l'image de Bosley Crowther, se demandèrent pourquoi Truffaut « passait aussi brutalement de scènes et d'atmosphères sérieuses à des moments d'absurdité sans rapport avec elles» (*New York Times*, 24 juillet 1962). Mais, même s'il trouvait les dialogues trop argotiques, comme il l'écrivit à Truffaut, Goodis appréciait le film. Et si Truffaut semble parfois aussi loin de Goodis que Bobby Lapointe l'est de Bud Powell, d'autres fois il touche à l'essence du roman, notamment dans les dernières séquences, celles qui lui tenaient le plus à cœur : «Le *Pianiste*, je crois que je l'ai fait pour une image. Dans le livre de Goodis, à la fin, il y a une petite maison dans la neige, des sapins et une petite route en pente, et on dirait que la voiture glisse sur cette route sans qu'on n'entende le bruit du moteur. J'ai eu envie de réaliser cette image... J'ai peut-être fait ce film pour ce plan-là, pour cette ambiance.» Il y a aussi le personnage d'Aznavour, «le type même de l'émigré et de l'artiste» selon Truffaut, dont le visage exprime à la perfection l'étrangeté lunaire d'Eddie (rebaptisé Charlie dans le film). Enfin et surtout, il faut rendre hommage à l'admiration sincère de Truffaut pour Goodis, à une époque où personne en France, et encore moins aux États-Unis, ne songeait à voir en lui un grand écrivain. On ne peut mieux conclure qu'en citant ces phrases adressées, en 1971, au critique américain Charles Samuels, qui lui demandait pourquoi il filmait des romans de gare («*trash*»), et à qui il répondait avec intelligence et modestie :

> Contrairement à ce que vous dites, je n'ai jamais filmé un roman *trash* ou que je n'admirais pas. Des auteurs comme David Goodis et William Irish ont une qualité particulière, sans équivalent en France. ... Mais comme il y a beaucoup de livres qui paraissent chaque année aux

États-Unis, ces auteurs de polar sont généralement ignorés. Par une ironie du sort, cela les libère. Humbles et négligés, ils sont libres d'expérimenter parce qu'ils pensent que personne ne s'intéresse à eux. Ne s'attendant pas à être analysés, ils mettent dans leurs livres tout ce qu'ils veulent. … Après avoir vu *Tirez sur le pianiste* et l'avoir aimé, Henry Miller a été invité à écrire une introduction pour une nouvelle édition de *Down There*, et a donc dû lire le livre. Puis il m'a téléphoné pour me dire qu'il s'était soudain rendu compte que, si mon film était bon, le livre était encore meilleur. Donc vous voyez, je ne filme pas de *trash*.*

BENOÎT TADIÉ

* Charles Thomas Samuels, « Talking with Truffaut ». *The American Scholar*, Vol. 40, n° 3 (été 1971), p. 482. Ma traduction.

1

Il n'y avait pas de réverbères, aucune lumière. C'était une rue étroite du quartier de Port Richmond, à Philadelphie. Depuis le Delaware tout proche soufflait un vent froid et cinglant qui poussait les chats de gouttière à chercher refuge dans des caves chauffées. Les rafales de la fin novembre faisaient vibrer les carreaux des fenêtres, sombres à cette heure tardive de la nuit, et piquaient les yeux de l'homme qui venait de tomber dans la rue.

Agenouillé près du bord du trottoir, le souffle court et crachant du sang, il se demandait avec inquiétude s'il avait le crâne fracturé. Comme il avait couru à l'aveuglette, la tête baissée, il n'avait évidemment pas vu le poteau téléphonique. En le heurtant de plein fouet, il avait été projeté en arrière et s'était affalé sur le pavé. Pour lui, la coupe était pleine.

Non, accroche-toi, se dit-il. Faut que tu te lèves et que tu te remettes à courir.

Il se redressa lentement, encore dans les vapes. Il avait une grosse bosse sur le côté gauche de la tête, son œil et sa pommette étaient plus ou moins enflés et l'intérieur de sa joue saignait à l'endroit où il s'était mordu lors de l'impact contre le poteau. Il imagina à quoi pouvait ressembler son visage et parvint à sourire en se disant : C'est la grande forme, mon pote. Tu t'en sors comme un chef. Mais je crois que tu vas t'en tirer. Il se remit à courir puis accéléra l'allure quand des phares apparurent à l'angle de la rue et que, la voiture prenant de la vitesse, le bruit du moteur se rapprocha de lui.

Le faisceau des phares balaya l'entrée d'une ruelle. L'homme dévia sa course, s'enfonça dans le passage qu'il traversa à toute vitesse, et déboucha sur une autre rue étroite.

T'y es peut-être, pensa-t-il. C'est sûrement l'endroit que tu cherches. Non. T'as de la veine, mais pas à ce point-là. Je crois bien qu'il va falloir que tu cavales encore un peu avant de trouver la bonne adresse et d'apercevoir enfin l'enseigne lumineuse du Harriet's Hut, ce rade dans lequel travaille Eddie.

L'homme courait toujours. À l'intersection suivante, il bifurqua dans une rue transversale, scrutant l'obscurité dans l'espoir de repérer les lumières du bar. Faut que tu t'accroches, se motiva-t-il. Faut que tu retrouves Eddie avant qu'ils te rattrapent. Si seulement je connaissais mieux le quartier. Si seulement il faisait pas aussi sombre et froid par ici. C'est sûr que c'est pas la nuit idéale pour se promener. Et encore moins pour courir. Surtout quand t'as une Buick ultra rapide aux trousses avec deux gangsters à bord, de véritables experts dans leur domaine.

Il arriva à un autre croisement, regarda la rue devant lui et distingua tout au bout une lueur orange : l'enseigne lumineuse de la taverne. Elle était très vieille, composée d'ampoules juxtaposées au lieu de tubes au néon. Il en manquait plusieurs, ce qui rendait certaines lettres illisibles. Mais il en restait suffisamment pour que n'importe quel badaud puisse se rendre compte qu'il s'agissait d'un débit de boissons. C'était le Harriet's Hut.

L'homme avançait lentement à présent, vacillant sur ses pieds alors qu'il se dirigeait vers le troquet. Sa tête le lançait, ses poumons exposés à la morsure du froid étaient gelés, ou en feu, il n'aurait su dire. Pire encore, ses jambes étaient lourdes, de plus en plus lourdes, et ses genoux sur le point de céder. Mais il continua de tituber, se rapprochant de plus en plus de l'enseigne lumineuse pour finalement atteindre l'entrée latérale.

Il ouvrit la porte et pénétra dans le Harriet's Hut. C'était un endroit assez grand, haut de plafond, et qui avait au moins trente ans de retard question déco. Il n'y avait ni juke-box, ni poste de télévision. Par endroits, le papier peint était décollé, voire arraché. Les chaises et les tables avaient perdu leur vernis et le laiton de la rampe du comptoir n'avait plus aucun éclat. Au-dessus du miroir accroché derrière le bar se trouvait une photographie délavée et partiellement déchirée d'un très jeune aviateur, casque sur la tête, adressant un sourire au ciel. Le cliché portait la légende « Lucky Lindy ». À côté, une autre photo montrait Dempsey, ramassé, s'approchant d'un Tunney calme et technique. Sur le mur adjacent au comptoir, on pouvait voir une peinture encadrée de Kendrick, qui avait été maire de Philadelphie au moment de l'Exposition internationale de 1926.

Au bar, la foule du vendredi soir s'entassait sur trois ou quatre rangées. La plupart des consommateurs portaient un pantalon de travail et des chaussures de sécurité à semelles épaisses. Certains, très âgés, les cheveux blancs et le visage ridé, étaient assis en groupes. Leur main ne tremblait pas lorsqu'ils soulevaient leur chope de bière ou leur shot de liqueur. Ils descendaient leur verre aussi bien que n'importe quel habitué du Hut, tout en restant dignes et droits sur leur siège, une attitude qui leur conférait l'apparence de vénérables vieillards dans une assemblée municipale.

Le lieu était vraiment bondé. Toutes les tables étaient occupées et il n'y avait pas une seule chaise libre pour le nouvel arrivant aux jambes fourbues. Mais l'homme éreinté ne voulait pas s'asseoir. Il cherchait le piano. Il entendait la musique mais n'arrivait pas à discerner l'instrument. Un brouillard aveuglant de fumée de tabac et de vapeurs d'alcool rendait tout vague, pratiquement opaque. Ou peut-être que c'est moi, pensa-t-il. Peut-être que je suis à bout et que je vais tomber dans les pommes.

Il reprit son avancée. Il passa devant les tables en titubant et se dirigea vers la musique. Personne ne prêta attention à lui, pas même lorsqu'il trébucha et s'étala par terre. À minuit vingt, le vendredi soir, la plupart des clients du Harriet's Hut étaient soit grisés, soit sonnés par l'alcool. C'étaient des ouvriers des filatures de Port Richmond qui avaient travaillé dur toute la semaine. Ils venaient ici pour enchaîner les consommations et oublier les choses sérieuses, tous les problèmes du monde trop réel et trop âpre de l'autre côté des murs du Hut. Ils ne remarquèrent même pas l'homme au visage meurtri et à la bouche en sang, qui s'était relevé très lentement du plancher recouvert de sciure et marmonnait en grimaçant : « J'entends bien la musique, ça oui. Mais il est où, ce piano à la noix ? »

Puis il se remit à chanceler et se cogna contre une grande pile de cartons de bières entreposés contre un mur. On aurait dit une pyramide, le long de laquelle il avança à tâtons, et, lorsqu'il n'eut plus de cartons sous la main, il manqua de tomber à nouveau. Ce qui l'empêcha de s'effondrer, ce fut la vue du piano, ou plus précisément du pianiste assis sur un tabouret, légèrement penché en avant, un petit sourire lointain accroché aux lèvres.

L'homme au visage meurtri et aux jambes fourbues, un type assez grand et très costaud, coiffé d'une épaisse tignasse de cheveux jaunes ébouriffés, s'approcha du piano. Il se plaça derrière le musicien, lui posa la main sur l'épaule et lança : « Salut, Eddie. »

Le pianiste ne réagit pas, pas même un tressaillement lorsque la lourde main de l'autre exerça une pression plus forte sur son épaule. Alors l'homme se dit : Il est tellement loin, il sent rien, il est happé par sa musique, c'est vraiment dommage de devoir le faire revenir, mais c'est comme ça, t'as pas le choix.

« Eddie, répéta l'homme en élevant la voix. Eddie, c'est moi. »

La musique continua, ininterrompue. Elle suivait un rythme doux, décontracté, légèrement plaintif et onirique, un flot de sons agréables qui semblait dire : Rien n'a d'importance.

« C'est moi, fit l'homme en secouant l'épaule du musicien. C'est Turley. Ton frangin Turley. »

Le musicien continua à jouer. Turley soupira et secoua lentement la tête. Pas moyen de l'atteindre, pensa-t-il. C'est comme s'il était sur un nuage, impossible de le faire redescendre.

C'est alors que le morceau prit fin. Le musicien se retourna tranquillement, regarda l'homme et dit : « Salut, Turley.

— Toi alors, t'es un sacré numéro, s'amusa Turley. Ça fait six ou sept ans qu'on s'est pas vus et tu m'accueilles comme si on venait de se quitter.

— Tu t'es cogné ? » demanda innocemment le musicien en scrutant le visage meurtri, la bouche tachée de sang.

À ce moment-là, une cliente se leva d'une table voisine et fonça droit vers la porte des toilettes des femmes. Turley avisa la chaise vide, l'attrapa, la tira vers le piano et s'assit dessus. Un homme installé à la table cria : « Hé toi, cette chaise est prise », ce à quoi Turley répondit : « Du calme, mon pote. Tu vois pas que je suis invalide ? » Il se retourna vers le musicien et sourit à nouveau : « Oui, je me suis cogné. La rue était trop sombre et j'ai foncé dans un poteau.

— T'es poursuivi ?

— Pas par les flics, si c'est ce que tu crois.

— J'ai pas d'idée arrêtée sur le sujet. »

De taille moyenne, un peu maigre, le musicien avait une trentaine d'années. Son visage n'exprimait aucune émotion. Il avait une tête agréable. Sans traits marqués, sans zones d'ombre. Ses yeux étaient d'un gris pâle et ses lèvres, douces et détendues. Ses cheveux marron clair étaient négligemment peignés, comme s'il se coiffait avec les doigts. Le col de sa chemise était ouvert, il ne portait pas de cravate. Sa veste et son pantalon étaient froissés et rapiécés. Ses vêtements avaient quelque chose d'intemporel – indifférents à la mode et aux saisons. Il s'appelait Edward Webster Lynn et sa seule occupation était de jouer du piano ici, au Hut, six soirs par semaine, entre dix-neuf heures et deux heures du matin. Son salaire était de trente dollars et, avec les pourboires, il gagnait entre trente-cinq et quarante dollars par semaine. C'était plus qu'il ne lui en fallait pour couvrir ses besoins. Il n'était pas marié, ne possédait pas de voiture et n'avait contracté ni dettes ni obligations.

« Bon, en tout cas, c'est pas les flics, insista Turley. Si c'était les flics, je t'entraînerais pas dans cette histoire.

— C'est pour ça que t'es venu ici ? demanda doucement Eddie. Pour m'entraîner dans une histoire ? »

Turley ne répondit pas. Il détourna légèrement la tête, évitant le regard du musicien. La consternation assombrit son visage, comme s'il savait ce qu'il voulait dire mais n'y parvenait pas.

« Je marche pas », le prévint Eddie.

Turley laissa échapper un soupir, puis son sourire revint. « Bon, alors, comment tu vas toi ?

— Je vais très bien, répondit Eddie.

— Pas de problèmes ?

— Aucun. Tout roule.

— Même au niveau financier ?

— Je m'en sors. » Eddie haussa les épaules, mais fronça les sourcils.

Turley poussa un nouveau soupir.

Eddie déclara : « Je suis désolé, Turl, compte pas sur moi.

— Mais écoute…

— Nan, souffla Eddie. N'importe comment, tu m'entraîneras pas dans tes embrouilles.

— Mais bon sang, tu pourrais au moins…

— Comment va la famille ? le coupa Eddie.

— La famille ? » Turley plissa les yeux. Puis il embraya sur le sujet : « Tout le monde est en pleine forme. Maman et Papa vont bien…

— Et Clifton ? Comment va Clifton ? » s'enquit Eddie, cherchant à obtenir des nouvelles du troisième frère, l'aîné.

Le sourire de Turley s'élargit soudain. « Eh bien, tu sais comment il est. Il continue de trafiquer à droite, à gauche…

— Bref, toujours dans les bons coups. »

Turley ne répondit pas. Il souriait toujours, mais avec moins d'entrain. Puis il déclara tout à trac : « Ça fait longtemps que t'es parti. Tu nous manques. »

Eddie haussa les épaules.

« Tu nous manques vraiment, reprit Turley. On parle tout le temps de toi. »

Eddie regardait derrière son frère. Son sourire lointain réapparut sur ses lèvres. Il ne prononça pas un mot.

« Après tout, enchaîna Turley, tu fais partie de la famille. On t'a jamais demandé de partir. Ouais, t'es toujours le bienvenu à la maison. Enfin, ce que je veux dire, c'est…

— Comment t'as su où me trouver ?

— Le truc, c'est que j'en savais rien. Au départ, en tout cas. Puis je me suis rappelé que dans ta dernière lettre, tu mentionnais le nom de ce bar. Je me suis dit que t'y serais encore. C'est ce que j'espérais, en tout cas. Et comme j'étais en ville aujourd'hui, j'en ai profité pour chercher l'adresse dans le bottin…

— Aujourd'hui ?

— Je veux dire, ce soir. Enfin…

— Tu veux dire que quand ça a commencé à barder, t'as cherché à me trouver. C'est ça ? »

Turley plissa de nouveau les yeux. « T'énerve pas.

— Je m'énerve pas.

— Si, mais t'essaies de le cacher, s'agaça Turley avant de retrouver le sourire. J'imagine que c'est un truc que t'as chopé ici, en ville. Nous, les péquenots bouffeurs de pastèques du South Jersey, on sait pas faire ça. Faut toujours qu'on joue cartes sur table. »

Eddie ne fit aucun commentaire. Il regarda négligemment le clavier et appuya sur quelques touches.

« Je me suis mis dans le pétrin », annonça Turley.

Eddie continua de jouer. Les notes qu'il convoquait venaient des octaves aiguës. Ses doigts effleuraient le clavier et produisaient une vague mélodie évoquant le bruissement d'un cours d'eau.

Turley changea de position sur sa chaise. Il parcourut la salle des yeux, vérifiant rapidement l'entrée, la porte latérale et la sortie de service.

« Tu veux entendre un joli morceau ? demanda Eddie. Écoute ça… »

La main de Turley se posa sur les doigts du pianiste et, s'élevant par-dessus le son discordant provoqué par son geste, sa voix éraillée se fit pressante. « Il faut que tu m'aides, Eddie. Je suis vraiment dans la merde. Tu peux pas me laisser tomber.

— Je peux pas me faire embringuer, non plus.

— Crois-moi, j'ai pas l'intention de t'entraîner dans

quoi que ce soit. Tout ce que je te demande, c'est de me laisser passer la nuit dans ta chambre.

— Passer la nuit… Tu veux plutôt dire que tu veux te planquer jusqu'à demain. »

Encore une fois, Turley poussa un profond soupir. Puis il acquiesça.

« De qui tu te caches ? demanda Eddie.

— De deux emmerdeurs.

— Vraiment ? T'es sûr que c'est eux qui cherchent les emmerdes ? que c'est pas plutôt le contraire ?

— Non, c'est eux qu'ont commencé, affirma Turley. Ils me gonflent depuis ce matin.

— Arrête de tourner autour du pot. Qu'est-ce qu'ils t'ont fait ?

— Ils me filent. Ils me collent au train depuis que j'ai quitté Dock Street…

— Dock Street ? » Eddie fronça légèrement les sourcils. « Qu'est-ce que tu faisais là-bas ?

— Eh bien, j'étais… » Turley hésita, déglutit et, se dérobant à la question, il s'emporta : « Bon sang, je te demande pas la lune. Juste de m'héberger pour la nuit…

— Pas si vite, le coupa Eddie. Revenons à Dock Street.

— Par pitié, arrête…

— Et puis d'abord, poursuivit Eddie, qu'est-ce que tu fais à Philadelphie ?

— Je suis là pour affaires.

— Quel genre d'affaires ? »

On aurait dit que Turley n'avait pas entendu la question. Il inspira profondément. « Y a un truc qu'a foiré. D'un seul coup, je me suis retrouvé avec ces deux types sur le dos.

Et là, pas de bol, je me rends compte que j'ai plus un billet en poche. À cause d'un petit malin qui m'a volé mon portefeuille dans une gargote de Delaware Avenue. Sans ça, j'aurais pu monter dans un train, ou au moins prendre un taxi pour quitter la ville. Comme il me reste que de la petite monnaie, je dois me contenter du tram, si bien que chaque fois que j'en prends un, je les vois derrière moi dans une Buick flambant neuve. Je te le dis tout net, j'ai passé un vendredi pourri, frangin. C'était vraiment pas le jour pour me faire détrousser…

— Tu m'as rien expliqué.

— Je te mettrai au parfum plus tard. J'ai pas vraiment le temps, là. »

Au moment où Turley prononçait ces mots, il tourna la tête pour jeter un nouveau coup d'œil à la porte qui donnait sur la rue. Distraitement, il toucha la partie tuméfiée de son visage et grimaça de douleur. Sa moue s'estompa lorsqu'il fut à nouveau pris de vertiges et qu'il se mit à tanguer, comme si sa chaise était montée sur roulettes et qu'on la tractait sur une route cahoteuse. « Qu'est-ce qui se passe avec le sol ? marmonna-t-il, les yeux mi-clos. C'est quoi ce boui-boui ? Ils peuvent pas le réparer, leur plancher ? On tient pas droit là-dessus. »

Il commença à glisser de sa chaise. Eddie l'attrapa par les épaules et le remit d'aplomb. « Ça va aller. Reste tranquille.

— Tranquille ? bredouilla Turley. Pourquoi je resterais tranquille ? » Son bras s'agita faiblement pour désigner le comptoir et les tables bondées. « Regarde tous ces gens qui s'amusent. Pourquoi je m'amuserais pas, moi aussi ? Pourquoi… »

Ça se présente mal, jugea Eddie. C'est pire que ce que je pensais. Il délire maintenant. Je crois qu'il va falloir...

« Qu'est-ce qu'il a ? » intervint une autre voix.

Eddie leva la tête et aperçut Harriet, la propriétaire du bar. C'était une très grosse femme d'une quarantaine d'années. Elle avait des cheveux blonds peroxydés, une énorme poitrine proéminente et des hanches phénoménales. Malgré son embonpoint, elle avait une taille plutôt fine. Ses traits avaient quelque chose de slave, son nez était large et un peu retroussé et ses yeux gris-bleu vous regardaient l'air de dire : Déconne pas avec moi. J'ai pas de temps à perdre avec les crapules de bas étage, les margoulins à la noix, les parasites en tout genre, les charlatans et les gagne-petit. Fais pas le malin avec moi, sinon tu vas devoir te payer un nouveau râtelier.

Turley glissa à nouveau de sa chaise. Harriet l'attrapa alors qu'il s'affaissait sur le côté. De ses grosses mains, elle le maintint fermement par les aisselles tandis qu'elle se penchait plus près pour examiner la bosse sur sa tête.

« Il est bien amoché, dit Eddie. Il est vraiment dans le cirage. Je crois...

— Il est pas aussi mal en point qu'il en a l'air, le coupa sèchement Harriet. S'il continue son cirque, je vais vraiment l'arranger. »

Turley avait passé un bras autour des hanches de la patronne, et sa main glissait sur sa croupe extra-large, molle et ferme à la fois. Elle tendit le bras à son tour et lui saisit le poignet pour le rejeter sur le côté. « Je sais pas si c'est le vin ou les coups qui t'ont rendu fou, ou si t'es tout simplement détraqué de naissance. Mais si tu recommences, je te casse la mâchoire en deux. Maintenant, tu restes assis pendant que je t'ausculte.

— Moi aussi, je vais m'en mettre plein les mirettes », annonça Turley et, alors que la grosse femme se penchait sur lui pour examiner son crâne fracturé, il se plongea dans la contemplation de son opulente poitrine. Son bras revint enlacer les hanches de la femme, qui l'écarta de nouveau. « Tu me cherches, s'emporta-t-elle, brandissant son gros poing. C'est ça que tu veux ? »

Turley sourit en dépit des menaces. « Je suis toujours partant, ma belle. Je suis d'attaque vingt-quatre heures sur vingt-quatre, moi.

— Tu crois qu'il a besoin de voir un médecin ? demanda Eddie.

— Je me contenterai d'une bonne grosse infirmière », balbutia Turley, un sourire presque idiot aux lèvres. Puis il regarda autour de lui, comme s'il essayait de se rappeler où il se trouvait. « Hé, vous autres, dites-moi, j'aimerais bien savoir…

— En quelle année on est ? proposa Harriet. En 1956, et ici, c'est Philadelphie.

— Nan, c'est pas ça, ma belle. » Turley se redressa sur son siège. « Ce que je voudrais vraiment savoir c'est… » Mais le brouillard l'enveloppa et il resta assis sans bouger, l'œil fixe et vitreux, ne discernant plus son frère ni la patronne.

Harriet et Eddie l'observèrent, puis échangèrent un regard. Eddie déclara : « Si ça continue, il va falloir l'emmener sur un brancard. »

Harriet ausculta une nouvelle fois Turley. Puis, donnant

son diagnostic final, elle affirma : « Il va s'en sortir. J'en ai déjà vu dans cet état-là. Sur le ring. Ils prennent un mauvais coup à la tête et ils comprennent plus rien à rien. Puis, ni une ni deux, ils reviennent à eux et ils se portent comme un charme. »

Eddie n'était qu'à moitié convaincu. « Tu penses vraiment qu'il va se remettre ?

— Sans problème, répondit Harriet. Mais regarde-le un peu. Il est solide comme un roc. Je les connais, les types dans son genre. Ils encaissent et ils aiment ça… ils en redemandent même.

— C'est exact », confirma solennellement Turley. Sans regarder Harriet, il tendit le bras pour lui prendre la main. Puis il se ravisa et sa pogne s'égara dans une autre direction. Harriet secoua la tête dans un geste maternel de désapprobation. Un sourire nostalgique se dessina sur sa face ronde, un sourire compréhensif. Elle posa la main sur le crâne de Turley, plongeant les doigts dans ses cheveux ébouriffés pour les décoiffer un peu plus, lui signifiant ainsi que son établissement n'était pas aussi dur et froid qu'il en avait l'air, que c'était un endroit où il pouvait se reposer un peu et reprendre ses esprits.

« Tu le connais ? demanda-t-elle à Eddie. C'est qui ? »

Avant qu'Eddie ait pu répondre, Turley, de nouveau dans les vapes, déclara : « Matez-moi un peu ça. Qu'est-ce que c'est ? »

Harriet lui parla sur un ton apaisant, à la manière d'une infirmière. « Qu'est-ce que c'est que quoi, mon grand ? Où ça ? »

Le bras de Turley se leva. Il tentait de désigner ce qu'il

voyait. Cela lui demanda un effort considérable mais, au bout du compte, il parvint à ses fins.

« Tu parles de la serveuse ? » l'interrogea Harriet.

Turley ne put répondre. Il avait les yeux fixés sur le visage et le corps d'une brune postée de l'autre côté de la salle. Elle portait un tablier et tenait un plateau.

« Elle te plaît, hein ? » demanda Harriet. De nouveau, elle lui ébouriffa les cheveux. Elle lança un clin d'œil à Eddie.

« Si elle me plaît ? reprit Turley. Ça fait un moment que je cherche une nana comme ça. C'est carrément mon genre. Faut que je la rencontre. Comment elle s'appelle ?

— Lena.

— Sacré morceau, déclara Turley en se frottant les mains. Ouais, carrément.

— Alors, comment tu comptes faire ? demanda Harriet à voix basse, comme si elle prenait la chose au sérieux.

— Il me faut cinquante cents. » Turley s'exprimait sur un ton neutre et méthodique. « Un verre pour moi et un pour elle. Et à partir de là, l'affaire est dans le sac.

— Tu m'en diras tant », dit Harriet avec beaucoup de sérieux, comme pour elle-même, alors qu'elle fixait la serveuse au milieu de la salle bondée. Puis elle ajouta à l'attention de Turley : « Les bosses que t'as là, c'est rien comparé à celles que tu vas ramasser si tu tentes de la draguer. »

Elle regarda Eddie, attendant une remarque de sa part. Mais il n'était déjà plus à la conversation. Il s'était tourné pour faire face au clavier. Sur son visage, on ne discernait que son petit sourire distant.

Turley se leva pour avoir un meilleur angle de vue. « Comment elle s'appelle déjà ?

— Lena.

— Lena… Lena…, articula-t-il doucement.

— Tu vas t'attirer des ennuis, lui affirma Harriet. Dans ton propre intérêt. Tu t'assois. Tu gardes tes yeux dans ta poche. »

Il se rassit, mais ne décrocha pas son regard. « Pourquoi des ennuis ? demanda-t-il. Tu veux dire qu'elle est déjà prise ?

— Elle est pas disponible, un point c'est tout.

— Mariée ?

— Non, elle est pas mariée », articula lentement Harriet. Ses yeux étaient rivés sur la serveuse.

« Qu'est-ce que c'est que cette histoire ? insista Turley, curieux. Elle couche avec quelqu'un, alors ?

— Non, déclara Harriet. Elle est célibataire. Elle veut pas avoir affaire à un homme. Si y en a un qui s'approche trop près, il a droit à un coup d'épingle à chapeau.

— Ah bon ?

— Ouais, elle la cache dans son tablier. Quand un coq affamé se fait trop pressant, elle lui en donne un coup là où ça fait mal. »

Turley rit. « Et c'est tout ?

— Non, c'est pas tout. L'épingle, c'est la première étape. Ensuite, le pauvre diable se fait soigner par le videur. Avec lui comme garde du corps, elle a rien à craindre.

— C'est qui le videur ? Il est où ? »

Harriet tendit le doigt en direction du comptoir.

Turley scruta à travers le nuage de fumée de tabac. « Hé,

attends un peu, j'ai déjà vu sa tronche quelque part. Dans les journaux…

— À la page des sports, sans doute. » La voix de Harriet était étrangement chargée d'émotion. « Ils l'avaient surnommé l'Ours de Harleyville.

— C'est ça ! s'exclama Turley. L'Ours. Je m'en souviens. Mais oui, je m'en souviens maintenant. »

Harriet dévisagea Turley. « Pour de vrai ?

— Bien sûr, répondit Turley. J'étais super fan de catch quand j'étais môme. J'ai jamais eu l'oseille pour m'acheter des billets, mais je suivais ça dans la presse. » Il scruta de nouveau le comptoir. « C'est bien lui. L'Ours de Harleyville.

— Et c'était pas du chiqué quand il étreignait ses adversaires, enchaîna Harriet. Si t'as suivi le catch, tu connais les ravages que peut causer une prise de l'ours*. Quand le catcheur fait pas semblant. Une fois que l'Ours tenait son adversaire entre ses pattes, le type était fini. » Puis elle ajouta sur un ton lourd de sens : « Cette prise, il la maîtrise toujours. »

Turley ricana encore. Son regard passa du videur à la serveuse avant de se reposer sur l'ancien catcheur. « Ce gros plein de soupe ?

— Il a rien perdu, malgré les apparences. C'est une vraie machine à broyer.

— Il pourrait pas me broyer le petit doigt, dit Turley. Je

* Au catch, « la prise de l'ours » consiste à étreindre son adversaire pour l'empêcher progressivement de respirer. Le videur du Hut est maître dans cette technique, ce qui lui a valu son surnom.

lui décoche un simple crochet du gauche dans la panse et il crie à l'aide. Tiens, c'est rien qu'un vieux tas tout… »

Turley était vaguement conscient d'avoir perdu l'attention de la patronne. Il se tourna pour vérifier, et Harriet n'était plus là. Elle se dirigeait vers l'escalier près du comptoir. Elle grimpa les marches, très lentement, la tête baissée.

« C'est quoi son problème ? demanda Turley à Eddie. Elle a la migraine ? »

Eddie, qui s'était à moitié détourné de son instrument, regarda Harriet monter l'escalier. Puis il se repositionna face à son clavier et pianota nonchalamment quelques notes. Sa voix se fit entendre par-dessus la musique. « On peut dire ça. Elle a un problème avec le videur. Il est fou amoureux de la serveuse…

— Moi aussi », sourit Turley.

Eddie continuait de jouer, posant un accord de temps en temps, développant une mélodie. « Mais le videur, il l'a carrément dans la peau. Et Harriet est au courant.

— Et alors ? » Turley fronça les sourcils. « Qu'est-ce que ça peut lui foutre ?

— Harriet et lui vivent sous le même toit, lui apprit Eddie. Ils sont en couple. »

Alors Turley s'affaissa à nouveau et tomba en avant. Il heurta Eddie et s'accrocha à lui pour se retenir. Son frère continua à jouer du piano. Turley lâcha prise et se rassit sur sa chaise. Il attendait qu'Eddie se retourne pour le regarder, ce qu'Eddie fit au bout d'un moment. Il découvrit alors le sourire sur le visage de son frère. Ce même sourire idiot, sous un regard vitreux.

« Tu veux un verre ? demanda Eddie. Ça pourrait te faire du bien.

— J'ai pas soif. » Turley oscillait de droite à gauche. « Je vais te dire ce dont j'ai besoin par contre. C'est de comprendre. Je voudrais bien qu'on m'explique. Tu veux bien m'aider ?

— À comprendre quoi ? grommela Eddie. Qu'est-ce que tu veux savoir ? »

Turley ferma les paupières. Puis il ouvrit les yeux, les referma, et les ouvrit à nouveau. Il vit Eddie assis devant lui. Il lui demanda : « Qu'est-ce que tu fous là ? »

Eddie haussa les épaules.

Turley avait une réponse toute prête. « Je vais te dire ce que tu fous : tu perds ton…

— Bon allez, le coupa doucement Eddie. Ça va…

— Non, ça va pas », le reprit Turley. Puis des phrases décousues jaillirent de son cerveau embrouillé : « T'es assis là, devant un piano d'occasion. Vêtu de loques. Alors que tu devrais porter un complet. Et une cravate. Des fringues classe, quoi. Et puis tu devrais jouer sur un piano à queue, un instrument énorme et brillant, un Steinberg, nom de Dieu ! C'est devant une salle comble que tu devrais te produire, et ce que je voudrais savoir c'est… qu'est-ce que tu fous là ?

— Je pense qu'il te faut un remontant, Turl. Tu dérailles.

— T'occupe pas de moi, mon grand. Regarde un peu où t'es. Pourquoi t'es pas dans une salle de concert ? »

Eddie haussa les épaules et laissa couler.

Mais Turley fit claquer ses mains sur ses genoux. « Pourquoi t'y es pas, hein ?

— Parce que je suis là, déclara Eddie. Je peux pas être à deux endroits à la fois. »

Sa réplique fit long feu. « C'est absurde, enchaîna Turley. Complètement absurde. Une fille à tomber à la renverse qui a pas de mec. Un pianiste hors pair qui a pas de quoi se payer des chaussures neuves. »

Eddie éclata de rire.

« Y a rien de drôle, s'indigna Turley. La situation est plutôt foireuse. » Il s'adressa à un interlocuteur invisible, en pointant du doigt le musicien au visage placide. « Alors il est assis devant ce bastringue, dans ce vieux bouge minable qui passerait pas l'inspection du responsable de la sécurité civile, et encore moins celle des services de l'hygiène. Mate un peu le sol, ils répandent encore de la sciure sur leur foutu parquet… » Il mit ses mains en coupe devant sa bouche et lança : « Achetez au moins de nouvelles chaises, pour l'amour de Dieu… » Puis, désignant à nouveau le musicien aux yeux doux : « Il s'assoit là, soir après soir. Il vient gâcher sa vie devant des ignares alors qu'il devrait jouer pour des connaisseurs, être là où ça se passe, parce qu'il a du talent, le bougre, de l'or entre les doigts. C'est une star, je te le dis, un très grand pianiste…

— Du calme, Turl… »

Turley en avait gros sur la patate. Il se leva et se remit à crier : « Ça devrait être un piano à queue, avec des chandeliers comme en ont tous les plus grands. Ils sont où les chandeliers ? Qu'est-ce qui se passe ici ? Vous avez des oursins dans les poches ou quoi ? Vous pouvez pas acheter des chandeliers ?

— Aaah, tu vas la fermer ? » s'emporta un boit-sans-soif à quelques pas de lui.

Turley n'entendit pas le trublion. Il continua à crier, des larmes coulaient sur son visage aux traits rudes. Les coupures dans sa bouche s'étaient rouvertes et du sang ruisselait entre ses lèvres. « Y a un truc qui tourne pas rond, déclara-t-il à l'assistance qui n'avait aucune idée de qui il était ni de quoi il parlait. Tout le monde sait que deux et deux font quatre, mais ici, ça fait trois. C'est pas possible, faut vraiment faire quelque chose…

— Tu veux bien commencer par la boucler ? » proposa calmement une voix.

C'était celle du videur, ce type autrefois surnommé l'Ours de Harleyville, connu à présent sous son vrai nom, Wally Plyne, même si certains admirateurs persistaient à l'appeler par son sobriquet de catcheur. Il se tenait là, bien en chair : un mètre soixante-quinze pour cent kilos. Il avait très peu de cheveux sur la tête, et les quelques mèches frisottantes qu'il lui restait étaient coupées court. Son oreille gauche était légèrement déformée ; quant à son nez, il était carrément démoli, fracturé tellement de fois qu'il ne ressemblait plus à rien. On aurait dit un morceau de mastic écrasé sur un visage bosselé. Dans sa bouche, il y avait plus de prothèses que de dents, et une affreuse cicatrice descendait de son menton à sa clavicule, manifestement un travail réalisé en urgence par un interne. Plyne n'appréciait pas cette balafre, il boutonnait son col de chemise jusqu'en haut pour la dissimuler autant que possible. Il était extrêmement susceptible au sujet de son visage cabossé et, quand quelqu'un le regardait de trop près, il se raidissait, son cou devenait rouge et gonflait. Ses yeux imploraient l'autre de ne pas rire. Certaines personnes ignoraient parfois cette supplique, alors en un instant elles se retrouvaient avec les côtes fracturées et de graves lésions internes. Au Harriet's Hut, la première règle à suivre, c'était de ne jamais se moquer du videur.

Wally Plyne avait quarante-trois ans.

Il resta planté sur place, à toiser Turley. Il attendait une réponse. Turley leva les yeux vers lui et dit : « Pourquoi tu te mêles de ce qui te regarde pas ? Tu vois pas que je parle ?

— Tu parles trop fort », répondit Plyne. Il s'exprimait encore sur un ton agréable, presque compréhensif. Il était en train d'observer les larmes qui coulaient sur les joues de Turley.

« Si je hausse pas la voix, ils vont pas m'entendre. Je veux qu'ils m'entendent.

— Ils ont d'autres choses à faire, expliqua patiemment Plyne. Ils boivent et ils ont pas envie qu'on les dérange.

— C'est ça qui va pas, sanglota Turley. Tout le monde tient à son petit confort. »

Plyne prit une grande inspiration et dit à Turley : « Bon écoute, le type qui t'a arrangé la face comme ça, tu vas lui rendre la monnaie de sa pièce, c'est sûr. Mais pas ici. Ici, c'est un établissement sans histoires…

— Qu'est-ce que tu me racontes ? » Turley chassa ses larmes en clignant des yeux, sa voix se transforma en un grognement. « Qui t'a sonné ? C'est ma pomme. Mes bosses et mes coupures. Tu ferais mieux de t'occuper de ta tronche.

— De m'occuper de ma tronche ? » Plyne réfléchit attentivement à cette remarque. « Qu'est-ce que t'entends par là ? »

Les yeux et les lèvres de Turley esquissèrent un rictus, sa bouche commença à formuler une réponse. Avant que le sourire ne s'élargisse et que les mots ne viennent, Eddie intervint rapidement, expliquant à Plyne : « Il sous-entend rien, Wally. Tu vois bien qu'il est pas dans son assiette.

— Te mêle pas de ça, toi », décréta Plyne sans même un regard pour Eddie. Il étudiait le visage de Turley, attendant que son air narquois disparaisse.

Mais le sourire en coin restait figé sur les lèvres de Turley. Le silence, qui s'était abattu sur les tables voisines, se propagea à toute la salle jusqu'à finalement atteindre le comptoir bondé. Tous les clients avaient les yeux braqués sur le grand type qui se moquait de Plyne.

« Arrête ça, prévint le videur. Arrête de sourire comme ça. »

Le rictus de Turley s'accentua.

À nouveau, Plyne inspira profondément. Une sorte de lueur terne apparut dans ses yeux. Eddie la vit et comprit ce que cela signifiait. Il se leva de son tabouret et dit à Plyne : « Non, Wally. Il est pas bien.

— Qui ça ? intervint Turley. Moi, je suis en pleine forme. Je suis prêt à…

— Il est prêt à passer un examen du cerveau, expliqua Eddie à Plyne, à toute la salle qui les regardait. Il s'est cogné la tête en heurtant un poteau de plein fouet. Regardez cette bosse. Si c'est pas fracturé, il a au moins une commotion.

— Appelez une ambulance, lança quelqu'un.

— Mate un peu, il saigne de la bouche, ajouta une autre

voix. Ça doit sûrement être à cause de sa gueule en compote. »

Plyne cligna plusieurs fois des yeux. La lueur disparut de son regard.

Turley souriait toujours. Mais le rictus ne s'adressait pas au videur, ni à personne. C'était son sourire idiot.

Plyne regarda Eddie. « Tu le connais ? »

Eddie haussa les épaules. « Plus ou moins.

— C'est qui ? »

Nouveau haussement d'épaules. « Je vais le faire sortir. Lui faire prendre l'air… »

Les doigts épais de Plyne se refermèrent sur la manche d'Eddie. « Je t'ai demandé quelque chose. C'est qui ?

— T'entends pas ce qu'on te demande ? intervint à nouveau Turley, émergeant du brouillard. Le monsieur dit qu'il veut savoir. Je pense qu'il a le droit, non ?

— T'as qu'à me le dire, toi », lança Plyne à Turley. Il se rapprocha de lui, scruta ses yeux vitreux. « T'as peut-être pas besoin d'une ambulance, après tout. T'es peut-être pas si mal en point que ça. Tu peux me dire qui t'es ?

— Le frangin.

— Le frangin de qui ?

— Le sien. » Turley désigna Eddie.

« Je savais pas qu'il avait un frangin, s'étonna Plyne.

— Eh bien, c'est comme ça. » Turley s'adressa aux tables voisines : « On en apprend tous les jours.

— Je demande pas mieux », fit Plyne. Et d'ajouter, comme si Eddie n'était pas là : « Il parle jamais de lui. Je sais quasiment rien à son sujet.

— Ah bon ? » Le rictus narquois réapparut sur le visage de Turley. « Ça fait combien de temps qu'il bosse ici ?

— Trois ans.

— Ça fait un bail, commenta Turley. Tu devrais pourtant bien le connaître depuis le temps.

— Y a personne qui le connaît. Le seul truc qu'on sait, c'est qu'il joue du piano.

— Vous lui versez un salaire ?

— Bien sûr qu'on le paie.

— Pour faire quoi ?

— Jouer du piano.

— Et quoi d'autre ?

— Rien que pour ça, affirma Plyne. On le paie pour qu'il joue du piano et c'est tout.

— Tu veux dire que vous le payez pas pour qu'il vous raconte sa vie ? »

Plyne serra les lèvres. Il ne répondit rien.

Turley se rapprocha du videur. « Tu veux le beurre et l'argent du beurre, hein ? Mais c'est pas possible, ça ! Si tu veux connaître quelqu'un, ça va te coûter cher. Et plus t'en apprends, plus faut raquer. C'est comme de creuser un puits, plus tu vas profond, plus ça coûte cher. Et des fois, ça revient à bien plus que ce que t'es prêt à payer.

— Où tu veux en venir ? » Plyne fronçait les sourcils à présent. Il tourna la tête pour observer le pianiste. Il vit son sourire insouciant et ça le dérangea, son regard se fit noir. Cela ne dura qu'un instant, puis il se reconcentra sur Turley. Son visage se détendit et il déclara : « Bon, on s'en fout. Cette discussion rime à rien. C'est du vent, et t'es groggy.

Moi, j'ai d'autres chats à fouetter. Je peux pas rester ici à perdre du temps avec toi. »

Le videur s'en alla. Les clients au comptoir et aux tables se remirent à boire. Turley et Eddie étaient maintenant assis, Eddie face au clavier, jouant quelques accords, entamant une mélodie. C'était un air paisible, doux et sucré, et les sons oniriques firent naître un sourire rêveur sur les lèvres de Turley. « C'est beau, murmura-t-il, c'est vraiment beau. »

La musique continuait tandis que, sans s'en rendre compte, Turley dodelinait de la tête. Entre deux hochements, il vit soudain la porte d'entrée s'ouvrir.

Deux hommes pénétrèrent dans le bar.

2

« C'est eux », prévint Turley.

Eddie continua à jouer.

« C'est bien eux », confirma Turley sur un ton neutre.

La porte se referma derrière les deux hommes qui restèrent à l'entrée. Là, ils firent lentement pivoter leur cou, scrutant d'abord les tables bondées puis le comptoir noir de monde, avant de réitérer toute l'opération. Ils regardaient partout.

Soudain ils aperçurent leur cible. Ils avancèrent dans sa direction.

« Les voilà, déclara Turley toujours sur le même ton neutre. Regarde-les. »

Les yeux d'Eddie restèrent sur le clavier. Il avait la tête toute à son instrument. La musique chaleureuse et douce continuait à se répandre et signifiait à Turley : C'est ton problème, entièrement le tien, me mêle pas à tes histoires.

Les deux hommes avançaient. Ils progressaient lentement. Les tables serrées leur barraient le chemin. Ils essayèrent alors d'accélérer le pas, de forcer le passage.

« Les voilà, annonça Turley. Ils arrivent pour de bon maintenant. »

Regarde pas, se dit Eddie à lui-même. Tu jettes un seul coup d'œil et c'est plié, ils vont t'entraîner dans leurs embrouilles. Ça t'intéresse pas, t'es là pour jouer du piano, un point c'est tout. Mais c'est quoi ça ? Qu'est-ce qui se passe ? La musique s'est arrêtée, tes doigts ont quitté le clavier.

Il tourna la tête et vit les deux hommes s'approcher.

Ils étaient bien habillés. Celui qui marchait devant, petit et très mince, portait un feutre gris perle, un cache-col en satin blanc et un manteau droit bleu marine. L'homme derrière lui était également mince, mais bien plus grand. Il avait un chapeau d'un gris plus profond, un cache-col rayé noir et argent et un pardessus croisé à six boutons de couleur anthracite.

Ils avaient atteint le milieu de la salle. À cet endroit, les tables étaient moins rapprochées. Ils arrivaient plus vite.

Eddie enfonça ses doigts raides dans les côtes de Turley. « Reste pas là. Lève-toi et pars.

— Où est-ce que tu veux que j'aille ? » Et le sourire idiot de revenir sur son visage.

« La porte latérale, cracha Eddie en lui enfonçant à nouveau les doigts dans le ventre, plus fort cette fois-ci.

— Hé, arrête, se plaignit Turley. Ça fait mal.

— Ah bon ? » Un autre coup d'estoc déclencha de véritables douleurs, effaça le sourire de Turley et décrocha son cul de la chaise. Puis Turley s'élança, passant devant la pyramide de cartons de bières, marchant de plus en plus vite vers la porte latérale.

Les deux hommes changèrent de trajectoire, s'éloignant

des tables. Ils couraient, se pressant pour intercepter Turley. Ils y étaient presque.

Voyant son frère à quelques mètres de la porte latérale, Eddie se leva de son tabouret de piano. Les deux hommes couraient maintenant le long de la pile de cartons remplis de bouteilles. Eddie se précipita sur la pyramide. Il donna un coup d'épaule dedans et un carton dégringola, suivi d'un deuxième, puis d'autres encore. Cela ralentit les deux hommes qui se heurtèrent aux décombres, trébuchèrent dessus, tombèrent, se relevèrent et s'écroulèrent à nouveau. Pendant ce temps, Turley ouvrit la porte latérale et sortit en courant.

À vue de nez, neuf cartons de bières étaient tombés de la pyramide et plusieurs bouteilles s'en étaient échappées, avaient heurté le sol et s'étaient brisées. Les deux hommes s'efforçaient de franchir le barrage de cartons et de bouteilles cassées. Le plus petit des deux tourna la tête pour repérer le gros malin responsable de ce fiasco. Eddie se tenait près de la pyramide partiellement effondrée. Il haussa les épaules et leva les bras dans un geste penaud, comme pour dire : C'est un accident, je me suis cogné dedans, c'est tout. Le petit homme mince ne prononça pas un mot. Il n'avait pas le temps de faire de commentaire.

Eddie regagna le piano. Il s'assit et se mit à jouer. Un sourire vague et distant flottant sur les lèvres, il enchaîna quelques accords paisibles, tandis que les deux hommes minces et bien habillés atteignaient enfin la porte latérale. Au milieu de la douce mélopée, il entendit le bruit sec de la porte qui se refermait derrière eux.

Il continua à jouer. Sans fausses notes ni rupture de

rythme, en dépit du fait qu'il pensait à Turley et imaginait les deux hommes à sa poursuite dans les rues trop sombres, dans le calme trop glacial qui pouvait à tout moment être rompu par la détonation d'une arme à feu.

Non, ça va pas se terminer comme ça, pensa-t-il. Ils avaient pas le regard froid des assassins. Ils avaient plutôt l'air de vouloir négocier, comme si tout ce qu'ils désiraient, c'était parler affaires avec Turley.

De quel genre d'affaires ? Allez, allez, tu le sais très bien. D'une affaire louche, évidemment. Turley a dit que Clifton était derrière tout ça, alors c'est forcément suspect, et comme d'habitude, Turl fait le larbin pour son aîné. En tout cas, ils sont à nouveau dans de beaux draps, tes deux chers frères. Ils ont un don inouï pour se mettre dans le pétrin, s'en sortir et y replonger de plus belle. Tu crois qu'ils vont s'en dépatouiller cette fois-ci ? Eh bien, on l'espère. On l'espère vraiment. On leur souhaite bonne chance, et puis c'est tout. Moi, il me reste plus qu'à laisser couler. C'est pas mes histoires.

Une ombre s'abattit sur le clavier. Eddie essaya de l'ignorer, mais elle était là et semblait déterminée à y rester. Il tourna la tête et aperçut les jambes massives, le tronc puissant et le nez écrasé du videur.

Il continua à jouer.

« C'est joli », déclara Plyne.

Eddie le remercia d'un signe de la tête.

« C'est très joli même, insista Plyne. Mais pas assez. J'ai pas envie d'en entendre davantage. »

Eddie s'arrêta de jouer. Ses bras tombèrent mollement le long de son buste. Il attendit sur son tabouret.

« Dis-moi, lui demanda le videur, qu'est-ce qui se passe ? »

Eddie haussa les épaules.

Plyne prit une grande inspiration. « Bon sang, lança-t-il sans s'adresser à personne en particulier. Ça fait trois ans que je le connais et je sais rien de lui. »

Le sourire distant du musicien semblait destiné à son clavier. Il pianota quelques touches dans les octaves du milieu.

« Impossible d'en obtenir plus de sa part, expliqua Plyne à son auditoire invisible. C'est toujours pareil. Il peut se passer n'importe quoi, il est jamais au courant de rien. »

Les doigts d'Eddie restèrent dans les octaves du milieu.

Le videur changea d'attitude. Sa voix devint dure. « Je t'ai dit d'arrêter de jouer. »

La musique cessa. Eddie, les yeux toujours posés sur le clavier, demanda : « Qu'est-ce qu'il y a, Wally ? Qu'est-ce qui te chiffonne ?

— Tu veux vraiment le savoir ? articula lentement Plyne, comme s'il venait de faire une avancée notable. Très bien, regarde. » Il tendit son bras, son index rigide désigna le sol encombré par les cartons en désordre, les bouteilles, les tessons de verre et la bière renversée qui moussait sur les lames fendues du plancher.

Eddie haussa de nouveau les épaules. « Je vais nettoyer », déclara-t-il avant de se lever du tabouret de piano. Plyne le repoussa sur son siège.

« Dis-moi, reprit Plyne en montrant encore une fois le sol taché de bière. Qu'est-ce que c'est que cette histoire ?

— Rien. » Le pianiste semblait perplexe. « Y a rien du

tout. C'était un accident. J'ai pas vu où j'allais et je me suis cogné dans… »

Mais cela ne servait à rien d'insister. Le videur n'y croyait pas. « Tu veux parier ? demanda gentiment Plyne. Tu veux parier que c'était pas un accident ? »

Eddie ne répondit pas.

« Si tu dis rien, c'est moi qui vais t'expliquer. D'après moi, c'était un travail d'équipe.

— C'est possible. » Eddie haussa légèrement les épaules. « J'ai dû agir sans m'en rendre compte, de manière plus ou moins inconsciente. J'en sais trop rien…

— Mon œil, ouais. » Plyne affichait un grand sourire niais qui s'élargit progressivement. « T'as géré ton coup comme si t'avais tout prévu. C'était réglé comme du papier à musique. »

Eddie cligna plusieurs fois des yeux. Il se somma d'arrêter. Il se passe quelque chose, pensa-t-il, et tu ferais bien d'y mettre un terme avant que ça aille plus loin.

Mais il n'avait aucune prise sur la situation. Le videur était en train de parler : « C'est la première fois que je te vois embringué dans ce genre de coup tordu. Depuis que t'es là, tu t'es jamais mêlé de rien, pas une seule fois. Quels que soient le problème et les gens impliqués. Alors pourquoi t'es intervenu ce soir ? »

Encore un léger haussement d'épaules, puis les mots vinrent doucement : « J'ai dû me dire qu'il avait besoin d'aide, mais comme je t'expliquais, j'en sais trop rien. Ou, si on regarde ça sous un autre angle, je me suis rappelé que ce type dans la panade, il était de ma famille… J'en sais rien, c'est peut-être un peu des deux. »

Le visage de Plyne se tordit en une grimace dégoûtée, comme s'il savait qu'il était inutile de creuser davantage. Il tourna les talons et s'éloigna.

Puis quelque chose lui fit faire demi-tour. Il s'appuya contre le flanc du piano. Pendant quelques instants, il resta silencieux, se contentant d'écouter la musique, les sourcils froncés dans une attitude pensive. Puis, avec désinvolture, il avança sa lourde main et écarta les doigts d'Eddie du clavier.

Eddie leva les yeux, attendant la suite.

« Parle-moi un peu de cette affaire, lui demanda le videur.

— Qu'est-ce que tu veux savoir ?

— Les deux types que t'as ralentis avec les cartons de bières. Qu'est-ce que tu sais d'eux ?

— Rien, répondit Eddie.

— Tu sais pas pourquoi ils couraient après ton frangin ?

— Pas la moindre idée.

— Allez, à d'autres.

— Je peux pas t'en dire plus. Je sais strictement rien.

— Tu crois que je vais gober ça ? »

Eddie haussa les épaules et resta muet.

« Bon d'accord, souffla Plyne. On va essayer une autre approche. Ton frangin, qu'est-ce qu'il fout dans la vie ?

— Ça non plus, j'en sais rien. Ça fait des années que je l'ai pas vu. Aux dernières nouvelles, il travaillait sur Dock Street.

— Dans quelle branche ?

— Il était débardeur.

— Et tu sais pas ce qu'il fait maintenant ?

— Si je le savais, je te le dirais.

— Ouais, bien sûr.» Plyne croisa ses bras énormes devant sa poitrine. «Tu vas parler, oui? Allez, crache le morceau.»

Eddie sourit aimablement au videur. «On se croirait au tribunal.» Et d'ajouter dans un grand sourire : «Tu suis des cours de droit, Wally? Tu veux les mettre en pratique?

— C'est pas ça», répliqua Plyne. Il resta sec un moment. «Je veux simplement m'assurer que tout va bien, c'est pas plus compliqué que ça. Enfin... le truc, c'est que je suis le gérant, ici. Je suis responsable de ce qui se passe au Hut. Tu le sais bien.»

Eddie acquiesça, les sourcils levés. «T'as pas tort.

— Heureux de te l'entendre dire! s'exclama le videur avant d'enfoncer le clou. Je dois m'assurer que ce bar perde pas sa licence. C'est un établissement en règle. Et je ferai tout mon possible pour qu'il le reste.

— T'as bien raison, approuva Eddie.

— Je suis content que tu t'en rendes compte.» Les yeux de Plyne s'étaient à nouveau rétrécis. «Une autre chose que tu devrais savoir, c'est que je suis moins con que j'en ai l'air. Je sais pas jouer de musique, ni écrire de poèmes, mais je suis pas aveugle. Ces deux gugusses, pour moi c'est plus qu'une simple discussion amicale qu'ils voulaient avoir avec ton frère.

— Ça se tient, concéda Eddie.

— Carrément, s'enorgueillit Plyne. Et je vais te dire autre chose. Un truc dont je suis sûr et certain : ton frangin, il a peut-être été débardeur à une époque, mais c'est clair qu'il a changé de branche. Il cherche à gagner plus maintenant. Quel que soit le travail qu'il fait, il y a beaucoup d'argent en jeu...»

Eddie était perplexe. Il se dit : Fais l'innocent si tu veux t'en sortir.

« Ces deux gugusses, continua le videur, c'est pas des petites frappes. J'ai eu le temps d'étudier leurs sapes. Leurs manteaux étaient cousus main ; je sais reconnaître un vêtement sur mesure quand j'en vois un. À partir de là, y a plus qu'à suivre les flèches...

— Les flèches ?

— Ouais, dit Plyne, traçant de son doigt une flèche sur le côté du piano. Elles vont d'eux à ton frère. Puis de ton frère à toi.

— Moi ? rit doucement Eddie. Je te suis plus là, c'est un peu tiré par les cheveux, ton histoire.

— Pas tant que ça. Pour moi, c'est plus que plausible. Je suis pas dupe : j'ai bien vu ton frangin assis à côté de toi, en train de te faire l'article. Comme s'il voulait te mettre dans le coup... »

Eddie se mit à nouveau à rire.

« Qu'est-ce qui t'amuse comme ça ? » lui demanda Plyne.

Eddie riait toujours. Ce n'était pas un fou rire explosif, mais tout de même une bonne rigolade. Eddie essayait de se retenir mais il n'y arrivait pas.

« Alors, raconte. » Plyne parlait très doucement. « C'est moi qui te fais rire comme ça ?

— Non, c'est moi, réussit à articuler Eddie au milieu de ses éclats de rire. C'est que je m'imagine le tableau que tu décris : une affaire en or, moi comme cerveau de l'opération, la dernière flèche qui pointe dans ma direction. Tu plaisantes, Wally. Tu m'as bien vu ou quoi ? Regarde-le, ton cerveau. »

Plyne obtempéra et examina le musicien au salaire hebdomadaire de trente dollars, assis devant le piano déglingué : un minable au regard doux, à la bouche en fleur, dont la somme des envies et des ambitions devait être proche de zéro, et qui travaillait ici depuis trois ans sans réclamer, ni même évoquer, une augmentation de salaire. Il ne se plaignait jamais quand les pourboires étaient maigres, ne s'irritait jamais au sujet de quoi que ce soit d'ailleurs, pas même quand on lui demandait d'aider à ranger les chaises et les tables à l'heure de la fermeture, de balayer le sol ou de sortir les poubelles.

Plyne le sondait du regard, jaugeant la personnalité de cet homme. Cela faisait trois ans qu'il travaillait ici, et si on faisait abstraction de sa musique, sa présence au Hut ne signifiait rien. C'était pratiquement comme s'il n'était pas là et que le piano jouait tout seul. Quoi qu'il puisse arriver aux tables ou au comptoir, le pianiste se tenait à l'écart, ne regardant même pas ce qui se passait. Le dos tourné et les yeux sur le clavier, il se contentait de toucher son salaire de misère et de porter des haillons de mendiant. Le roi des pleutres, décréta Plyne, fasciné par cet exemple vivant d'indifférence absolue. Même son sourire avait quelque chose de neutre. Il ne l'adressait jamais à une femme, ne le destinait jamais à son entourage. Ça nous mène où alors, tout ça ? se demanda Plyne. Bien sûr, il n'avait pas la réponse, pas même le moindre indice.

Malgré tout, il fit un dernier effort. Il plissa les paupières pour évaluer le pianiste et déclara : « Dis-moi un peu... d'où est-ce que tu sors ?

— Ma mère m'a mis au monde », déclara Eddie.

Le videur réfléchit quelques instants à sa réponse. Puis : « Merci pour l'info. Je croyais que t'étais sorti de la cuisse de Jupiter. »

Eddie sourit en silence. Plyne s'éloigna en direction du comptoir. Là, la serveuse brune disposait des petits verres d'alcool fort sur un plateau. Il s'approcha, hésita, puis se posta devant elle pour lui dire quelque chose. Elle ne répondit pas. Elle ne lui adressa même pas un regard. Elle souleva le plateau et se dirigea vers une table. Plyne demeura immobile, la suivant des yeux, la bouche fermée, se mordant violemment l'intérieur de la lèvre.

Du piano s'échappait une musique douce et agréable.

3

Vingt minutes plus tard, le dernier soiffard avait été reconduit à la porte. Le barman finissait de nettoyer les verres et le videur était monté. La serveuse avait enfilé son manteau et, adossée au mur, elle allumait une cigarette tout en regardant Eddie balayer le sol.

Eddie acheva sa tâche, vida la pelle à poussière, rangea le balai et prit son pardessus sur la patère près du piano. C'était un très vieux manteau. Le col était déchiré et il manquait deux boutons. Eddie n'avait pas de chapeau.

La serveuse l'observait alors qu'il avançait vers la porte d'entrée. Eddie tourna la tête pour adresser un sourire au barman et lui souhaiter bonne nuit. Puis, à l'attention de la serveuse, Eddie lança : « À plus, Lena.

— Attends », dit-elle en s'approchant de lui.

Il resta sur place, un sourire interrogateur aux lèvres. Depuis quatre mois qu'elle travaillait là, ils n'avaient jamais échangé plus qu'un salut amical ou un bonsoir. Leur relation n'avait jamais dépassé ce stade.

Alors elle lui demanda : « Tu peux me passer soixante-quinze cents ?

— Bien sûr. » Sans hésitation, il plongea la main dans la poche de son pantalon, sans se départir de son sourire interrogateur.

« Je suis un peu juste ce soir, expliqua la serveuse. Quand Harriet me paiera demain, je te rembourserai.

— C'est pas pressé, répondit-il en lui donnant deux pièces de vingt-cinq cents, deux de dix et une de cinq.

— C'est pour me payer à manger, poursuivit Lena en mettant l'argent dans son sac à main. Je m'étais dit que Harriet allait me laisser quelque chose, mais elle est allée se coucher de bonne heure, et j'ai pas eu envie de la déranger.

— Ouais, je l'ai vue monter », confirma Eddie. Il se tut un instant. « J'imagine qu'elle était crevée.

— Eh bien, elle travaille dur. » Lena tira une dernière bouffée sur sa cigarette et la jeta dans un crachoir. « Je me demande comment elle fait. Vu son poids… Je parie qu'elle pèse plus de cent kilos.

— Bien plus. Mais elle les porte bien. Elle a de la tenue.

— Elle est trop grosse. Avec quelques kilos en moins, elle se sentirait mieux.

— Elle se sent bien comme ça. »

Lena haussa les épaules. Elle ne répondit rien.

Eddie ouvrit la porte pour la laisser passer. Lena sortit, il la suivit. Elle allait traverser la chaussée quand il lui lança : « À demain. » Alors elle s'arrêta et se retourna pour lui faire face : « En fait, je pense pas avoir besoin de soixante-quinze cents. Un demi-dollar devrait me suffire », et elle se mit à ouvrir son sac à main.

Il lui répondit : « Non, c'est bon. » Mais elle lui tendit une pièce de vingt-cinq cents, tout en expliquant : « Chez

John, je peux prendre un plat pour quarante cents. Et le café m'en coûtera dix. »

Il refusa la pièce en argent d'un geste de la main. « Tu voudras peut-être une part de gâteau ou autre chose. »

Elle se rapprocha. « Allez, reprends-la », dit-elle en tendant la pièce dans sa direction.

Il sourit. « On est dans la haute finance, là !

— Tu veux bien la prendre, s'il te plaît ?

— J'en ai pas besoin. Je vais pas mourir de faim.

— T'es sûr que tu peux t'en passer ? » Elle avait la tête penchée, ses yeux scrutaient le visage d'Eddie.

Lui souriait toujours. « T'inquiète pas. Ça va pas me manquer.

— Ouais, je sais. » Elle continuait à scruter son visage. « Quand t'es à sec, tu décroches ton téléphone pour appeler ton courtier en Bourse. C'est qui déjà ?

— Une grosse boîte de Wall Street. Je prends l'avion pour New York deux fois par semaine, rien que pour voir le tableau des cours.

— Et ton dernier repas, il remonte à quand ? »

Il haussa les épaules. « J'ai mangé un sandwich...

— Quand ?

— J'en sais rien. Aux alentours de quatre heures et demie, peut-être.

— Rien depuis ? » Et d'ajouter sans attendre sa réponse : « Allez, tu m'accompagnes chez John. Tu vas avaler quelque chose.

— Mais...

— Allez viens, s'il te plaît. » Elle le prit par le bras et le tira à sa suite. « Si tu veux vivre, il faut manger. »

Il s'aperçut qu'il avait vraiment faim et qu'un bol de soupe et un plat chaud ne lui feraient pas de mal. Le vent froid et humide transperçait son mince manteau et lui mordait la peau. L'idée d'un repas chaud lui paraissait agréable. Mais il grimaça légèrement en se rappelant qu'il lui restait exactement douze cents en poche.

Il haussa les épaules et continua à marcher avec Lena. Il décida qu'il se contenterait d'une tasse de café. Au moins, ça le réchaufferait. Mais tu devrais vraiment manger quelque chose, pensa-t-il. Comment ça se fait que t'aies pas mangé ce soir ? T'avales toujours un morceau au comptoir du Hut vers minuit et demi. Mais pas ce soir. T'as rien pris. Comment ça se fait que t'aies oublié de te remplir le ventre ?

Alors il se souvint. C'est à cause de cette affaire avec Turley, pensa-t-il. T'étais occupé avec ton frangin et t'as oublié de manger.

Je me demande s'il s'en est sorti ou non. S'il a réussi à leur échapper. C'est sûr qu'il a pas les deux pieds dans le même sabot. C'est un débrouillard, le frangin. Alors oui, je dirais qu'il y a des chances qu'il s'en soit sorti. Tu le penses vraiment ? Il était estropié, tu sais. C'est sûr qu'il était pas vraiment en état de jouer au chat et à la souris avec eux. Qu'est-ce que tu vas faire ? T'y peux rien. Laisse tomber.

Et aussi : qu'est-ce qu'elle a, cette serveuse ? Qu'est-ce qui la dérange ? Tu vois bien qu'il y a un truc qui la contrarie. Tu t'en es bien rendu compte quand elle a parlé de Harriet. Elle était à la pêche aux infos, la canne à la main, surveillant son bouchon. De toute évidence, tu comprends le problème : elle s'inquiète à propos de Harriet et Plyne parce que le videur en pince pour quelqu'un d'autre en ce moment… pour elle, justement. Mais c'est pas de sa faute. Chaque fois que Plyne tente une approche, elle lui décoche un regard glacial. Y a qu'à l'ignorer. Qu'est-ce que ça peut te faire de toute façon ? Dis, tu peux me rendre un service ? Tu me lâches, tu commences à m'agacer.

C'est à ce moment-là qu'une drôle d'idée lui traversa l'esprit, un truc parfaitement idiot. Il ne savait absolument pas d'où ça pouvait venir. Il se demandait quelle taille faisait la serveuse, si elle était plus grande que lui. Il essaya d'éluder cette pensée, mais elle s'accrochait. Elle le titillait, le tarabustait et, finalement, il tourna la tête pour jauger Lena.

Il dut baisser un peu les yeux. Il faisait donc quelques centimètres de plus qu'elle. Il estima qu'elle devait mesurer environ un mètre soixante-dix sur des escarpins à talons. Et alors ? se demanda-t-il, mais il continua à la regarder tandis qu'ils traversaient une rue étroite et passaient sous un réverbère. Le manteau qu'elle portait était assez ajusté et faisait ressortir les lignes de son corps. Elle avait la taille haute, et sa minceur et sa démarche la faisaient paraître plus grande. Je crois que c'est ça, pensa-t-il. J'étais simplement curieux, c'est tout.

Mais il continua à la regarder. Il ne savait pas pourquoi. Dans la lueur du réverbère qui éclairait encore le visage de Lena, il distingua ses traits : ce n'étaient pas ceux d'une top-modèle ni d'une mannequin pour des cosmétiques, elle n'avait pas ce genre de beauté. À l'exception de sa peau. Elle était claire et avait l'éclat qu'on promettait dans les publicités, mais ce n'était pas dû à l'utilisation des produits vantés. Cela venait de l'intérieur, et il se dit : Elle a probablement un bon transit, ou un bon équilibre hormonal, un truc dans le genre. Elle a rien de délicat cette fille-là. Ni son nez, ni sa bouche, ni son menton, et pourtant c'est une femme plus féminine que ces jolies nanas fragiles qui ressemblent davantage à des poupées de porcelaine qu'à de véritables filles. Dans l'ensemble, je dirais qu'aucune de ces minettes ne lui arrive à la cheville. Pas étonnant que le videur essaie de tenter sa chance. Ni que tous les coqs du bar la reluquent quand elle passe devant eux. Et pourtant, elle semble pas vraiment intéressée par les hommes.

C'est comme si elle en avait fini avec ça. Peut-être qu'il s'est passé quelque chose qui lui a fait se dire : Allez stop, c'est terminé. Mais là, ce sont des suppositions. Comment ça se fait que tu avances ces hypothèses, toi ? À ce train-là, bientôt, tu vas vouloir connaître sa date de naissance. D'ailleurs, tu lui donnes quel âge ? Je dirais environ vingt-sept ans. On lui demande ? Si tu fais ça, elle va vouloir savoir pourquoi tu l'interroges. Et tout ce que tu pourras répondre, c'est que tu te posais la question. D'accord, arrête maintenant. C'est pas comme si t'étais intéressé. Tu sais bien que non.

Alors pourquoi ? Qu'est-ce qui te taraude ? Tu devrais pas te prendre la tête, parce que c'est comme sur une route avec trop de croisements : à un moment, tu sais plus où t'es. Et puis pourquoi elle raconte jamais rien ? Pourquoi elle rit presque jamais ?

À bien y penser, elle dégage quelque chose de grave. C'est pas qu'elle soit triste non plus. Elle est simplement sérieuse et sentencieuse ; pourtant tu l'as vue rire, elle rit quand c'est drôle. Enfin, faut vraiment que ce soit amusant.

Justement elle riait. Elle l'observait et riait en silence.

« Qu'est-ce qu'il y a ?

— Tu ressembles à Charlie Chaplin, dit-elle.

— À qui ?

— À Charlie Chaplin. Dans ses films muets. Quand y avait un truc qui le laissait perplexe et qu'il voulait poser une question mais qu'il trouvait pas les mots, il prenait un air ahuri. Exactement comme toi il y a un instant.

— Vraiment ? »

Elle acquiesça, puis redevint sérieuse. Elle lui demanda : « Qu'est-ce qu'il y a ? Qu'est-ce qui te laisse perplexe ? »

Il esquissa un petit sourire. « Si on veut arriver chez John, vaudrait mieux se remettre en route. »

Elle ne répondit rien. Ils continuèrent à marcher, tournèrent à un embranchement et débouchèrent sur un trottoir bosselé qui longeait une rue pavée.

Ils parcoururent quelques centaines de mètres et, au carrefour suivant, ils tombèrent sur une structure rectangulaire, un ancien wagon de tramway reconverti en resto ouvert toute la nuit. Certaines vitres étaient fissurées, une grande partie de la peinture était écaillée et la porte d'entrée, tenue par des charnières branlantes, n'était pas droite. Au-dessus, un panneau indiquait « Chez John – La meilleure cuisine de Port Richmond ». Ils entrèrent et se dirigèrent vers le comptoir, mais pour une raison quelconque elle changea d'avis et l'entraîna dans un box. Alors qu'ils s'asseyaient, il vit qu'elle regardait derrière lui en direction du comptoir. Elle resta stoïque. Il devina qui était là et compris pourquoi elle l'avait convaincu de l'accompagner : elle n'avait pas voulu le laisser partir seul. Elle avait repéré son trafic avec les cartons de bières quand les deux hommes avaient tenté de rattraper Turley, et tout son discours sur l'importance de manger était simplement destiné à lui éviter de se retrouver isolé.

C'est très gentil de sa part, pensa-t-il. Il lui sourit pour cacher son agacement. Puis cela l'amusa : Puisqu'elle veut jouer à l'ange gardien, laissons-la faire.

Il n'y avait pas beaucoup de monde dans le restaurant. Il dénombra quatre clients sur des tabourets, plus deux couples dans d'autres box. Derrière le comptoir, John, un Grec trapu, cassait des œufs au-dessus du gril. Neuf personnes, pensa Eddie. Neuf témoins au cas où ils tenteraient quelque chose. Mais ça m'étonnerait… T'as bien vu au Hut, ils avaient l'air sensés. Non, ils tenteront rien maintenant.

John servit quatre œufs au plat à un gros bonhomme assis sur un tabouret, puis sortit de derrière le comptoir et se dirigea vers leur box. Lena choisit le rôti de porc accompagné de purée de pommes de terre et réclama un petit pain supplémentaire. Eddie commanda un café crème. Elle lui dit : « C'est tout ce que tu prends ? » Il acquiesça et elle insista : « T'as faim. Commande quelque chose. »

Il secoua la tête. John s'éloigna du box. Ils restèrent sans rien dire. Eddie fredonnait un air et tapotait légèrement sur la table.

Alors elle relança la discussion : « Tu m'as prêté soixante-quinze cents. Qu'est-ce qui te reste ?

— J'ai pas trop faim.

— … pas grand-chose, donc. Allez, dis-moi. T'as combien sur toi ? »

Il mit la main dans la poche de son pantalon. « J'ai pas envie de casser ce billet de cinquante.

— Bon, écoute…

— Laisse tomber », la coupa-t-il doucement. Puis, pointant le pouce derrière lui : « Ils sont encore là ?

— Qui ?

— Tu sais bien. »

Elle regarda par-dessus l'épaule d'Eddie, loin du box qu'ils occupaient, scrutant l'extrémité du comptoir. Puis elle posa de nouveau ses yeux sur le pianiste et hocha lentement la tête. « C'est ma faute, se fustigea-t-elle. J'ai pas réfléchi. J'ai pas pensé qu'ils pourraient être ici…

— Qu'est-ce qu'ils font ? Ils mangent encore ?

— Ils ont fini. Mais ils sont toujours assis. Ils fument.

— Ils nous surveillent ?

— Non. Mais ils ont regardé dans notre direction tout à l'heure. Je crois pas que ça veuille dire grand-chose. Ils peuvent pas te voir.

— Bon alors j'imagine que tout va bien », fit-il en souriant.

Elle lui retourna son sourire. « Bien sûr, aucune raison de s'inquiéter. Même s'ils te repéraient, ils pourraient rien tenter.

— Je sais. » Puis d'ajouter, prenant un air malin : « Tu les laisserais pas faire.

— Moi ? » Lena retrouva son sérieux. Elle fronça même légèrement les sourcils. « Comment je m'y prendrais ?

— Tu trouverais bien quelque chose. » Puis il lança avec désinvolture : « Tu pourrais les retenir pendant que je file.

— C'est une blague ? Pour qui tu me prends, Jeanne d'Arc ?

— Eh bien, maintenant que t'en parles…

— Laisse-moi te dire un truc, l'interrompit-elle. Je sais pas ce qui se trame entre toi et ces deux types, et je m'en fous. Quoi que ce soit, je veux pas me retrouver mêlée à vos histoires. C'est clair ?

— Parfaitement. » Puis, hochant légèrement les épaules : « Si c'est ce que tu veux.

— C'est ce que j'ai dit, non ?

— Ouais. C'est bien ce que t'as dit.

— Qu'est-ce que tu insinues ? » La tête penchée, elle le dévisageait d'un drôle d'air. « Tu crois que je suis pas sincère ? »

Il leva encore les épaules. « Je crois rien du tout. C'est toi qui fais les questions et les réponses. »

John arriva avec le plateau, servit l'assiette et le café, calcula l'addition sur ses doigts et annonça la somme. Eddie sortit de sa poche une pièce de dix et deux de un, puis les posa sur la table. Lena les écarta et donna à John les soixante-quinze cents. Eddie sourit au patron et lui montra l'argent sur la table. John le remercia, ramassa le pourboire et retourna au comptoir. Eddie se pencha sur le café noir et fumant, souffla dessus pour le refroidir et commença à le siroter. Il n'entendait aucun bruit de l'autre côté de la table. Il sentait qu'elle ne mangeait pas et le dévisageait. Il ne leva pas les yeux. Il continua à boire son café. Comme il était très chaud, Eddie avalait de toutes petites gorgées espacées.

Puis, discernant le bruit d'un couteau et d'une fourchette, il jeta un coup d'œil et s'aperçut qu'elle mangeait rapidement.

« T'es pressée ? » grogna-t-il. Elle ne répondit pas. Le cliquetis de ses couverts se poursuivit un moment avant de s'arrêter subitement, alors il releva la tête vers elle. Elle guettait au loin, le regard de nouveau focalisé sur l'extrémité du comptoir.

Elle tiqua et se remit à manger. Il attendit un peu, puis grommela : « Je croyais que c'était pas tes histoires. »

Elle ignora sa remarque. Elle avait encore l'air soucieuse. « Ils sont toujours là. J'aimerais bien qu'ils s'en aillent.

— Ils doivent vouloir rester au chaud. Il fait bon, c'est agréable.

— Ça commence même à devenir suffocant.

— Ah, tu trouves ? » Il but une gorgée de café. « Moi, ça va.

— C'est ça... » Elle lui lança un regard oblique. « Arrête ton numéro de caïd. Tu t'es fourré dans un drôle de guêpier, et tu le sais bien.

— T'as une cigarette ?

— Je te parle...

— C'est bon, j'ai entendu. » Il désigna son sac à main. « Écoute, j'ai plus de clopes. T'en as pas une pour moi ? »

Elle ouvrit son sac et sortit son paquet de cigarettes. Elle lui en offrit une, en prit une pour elle et craqua une allumette. Alors qu'il se penchait en avant pour s'approcher de la flamme, elle lui demanda : « C'est qui ces types ?

— Tu me poses une colle.

— Tu les avais déjà vus avant ?

— Nan.

— Bon, j'insiste pas. »

Elle finit de manger, but de l'eau et tira une dernière bouffée sur sa cigarette avant de l'écraser dans le cendrier. Ils quittèrent leur box et sortirent du restaurant. Le temps s'était rafraîchi et le vent soufflait plus fort. La neige s'était mise à tomber. Lorsque les flocons touchaient la chaussée, ils restaient blancs au lieu de fondre. Lena remonta le col de son manteau et mit ses mains dans ses poches. Elle regarda les flocons virevolter autour d'eux et déclara qu'elle aimait la neige et espérait qu'elle continuerait à tomber. Il lui répondit qu'il allait probablement neiger toute la nuit, ainsi que le lendemain. Elle lui demanda s'il aimait ça. Il dit que ça ne lui faisait ni chaud ni froid.

Ils marchaient sur le trottoir pavé. Il avait envie de regarder derrière lui mais s'en empêcha. Le vent s'abattant sur eux, ils devaient garder la tête baissée et fournir un effort pour avancer. Elle lui proposa de la raccompagner chez elle s'il le voulait. Il lui répondit qu'il était d'accord, sans penser à lui demander où elle habitait. Elle lui apprit qu'elle vivait dans une pension sur Kenworth Street. Elle lui donna le numéro de la rue, mais il n'entendit pas. Il écoutait résonner ses pas et les siens, et se demandait si c'était bien le seul bruit. Il discerna un autre son, mais c'étaient seulement les miaulements de chats de gouttière. Un son quasiment imperceptible – il pensa qu'il s'agissait de chatons qui pleuraient leur mère. Il aurait aimé pouvoir faire quelque chose pour ces pauvres petits orphelins. Ils étaient quelque part dans la ruelle de l'autre côté de la chaussée. Il entendit la serveuse dire : « Tu vas où ? »

Il s'était éloigné d'elle pour se rapprocher du bord du trottoir. Il regardait l'entrée de la ruelle. Elle le rejoignit : « Qu'est-ce qu'il y a ?

— Des chatons.

— Des chatons ?

— Tu les entends pas ? Pauvres petites bêtes. Ça a pas l'air d'aller fort.

— Tu te trompes. C'est pas des bébés, mais des adultes. Et, d'après ce que j'entends, ils s'en donnent à cœur joie. »

Il dressa à nouveau l'oreille, et cette fois il entendit clairement. Il sourit et déclara : « Je crois qu'il me faut une nouvelle antenne.

— Non, répliqua-t-elle, l'antenne fonctionne très bien. T'es pas sur la bonne fréquence, c'est tout. »

Il ne comprit pas tout à fait l'allusion. Il la regarda, perplexe.

« C'est une habitude chez toi. Comme au Hut. J'ai remarqué. Tu sais jamais ce qui se passe, ou tu t'en fous. T'es toujours branché sur une fréquence bizarre, la seule que t'entendes. Comme si tout te glissait dessus. »

Il rit doucement.

« Arrête, l'interrompit-elle. Arrête de tout prendre à la rigolade. C'est pas une blague, là. Regarde un peu autour de toi, tu verras ce que je veux dire. »

Face à lui, elle scrutait la rue par-dessus son épaule. Il demanda : « On a de la compagnie ? »

D'un lent mouvement de tête, elle acquiesça.

« J'entends rien, dit-il. À part les chats…

— Oublie les chats. T'as déjà pas mal de pain sur la planche. C'est pas le moment de se disperser. »

Elle a pas tort, pensa-t-il. Il se retourna et sonda la rue. Au loin, la lueur jaune-vert d'un réverbère tombait en pluie fine sur le toit des voitures garées. Une flaque de lumière terne éclairait les pavés et créait un écran chatoyant où se reflétaient toutes les ombres en mouvement. Il en vit justement deux bouger, deux types louches accroupis derrière l'une des voitures.

« Ils attendent, dit-il. Ils attendent qu'on se remette en marche.

— C'est ce qu'on va faire, et plus vite que ça ! » Elle était très pragmatique. « Allez, viens, on court…

— Non, l'arrêta-t-il. Inutile de se presser. On continue à notre rythme. »

Elle lui adressa un regard inquisiteur. « C'est pas nouveau tout ça pour toi, hein ? »

Il ne répondit pas. Il était en train d'évaluer la distance qui les séparait du prochain croisement. Il l'estima à vingt mètres. Alors qu'ils continuaient leur lente progression vers l'angle de la rue, il la regarda en souriant et décréta : « Relax. Y a aucune raison de s'inquiéter. »

Non vraiment aucune, pensa-t-il.

4

Au carrefour suivant, ils tournèrent dans une rue étroite éclairée par un unique réverbère. Les yeux d'Eddie sondèrent l'obscurité et découvrirent une vieille porte en bois, l'entrée d'une venelle. Il tenta sa chance et la porte s'ouvrit. Il avança et elle le suivit, puis il referma la porte derrière elle. À l'affût des bruits de pas, il entendit un bruissement, comme si elle cherchait quelque chose sous son manteau.

« Qu'est-ce que tu fais ?

— Je sors mon épingle à chapeau. S'ils entrent, ils vont se retrouver face à une pointe de quinze centimètres.

— Tu crois que ça va leur faire peur ?

— Ça risque de les surprendre, en tout cas.

— T'as raison. Plutôt long ton engin, ça doit faire mal.

— Qu'ils viennent. » Elle s'exprimait en chuchotant, les dents serrées. « Qu'ils viennent et ils verront de quel bois je me chauffe. »

Ils attendirent dans l'obscurité complète, derrière la porte. Quelques instants passèrent, puis ils entendirent des bruits de pas. Les claquements se rapprochèrent, hésitèrent, continuèrent leur route et cessèrent. Finalement les bruits de pas revinrent vers l'entrée de la venelle. Eddie pouvait sentir la serveuse immobile près de lui. Puis il distingua des voix de l'autre côté de la porte.

« Où ils sont passés ? interrogea l'une d'elles.

— Peut-être dans une de ces maisons.

— On aurait dû se grouiller.

— On a fait ce qu'il fallait. On pouvait pas savoir qu'ils habitaient dans le coin. Ils sont entrés dans une de ces baraques.

— Bon, qu'est-ce que tu veux faire ?

— On peut sonner aux portes.

— Tu veux continuer à marcher ? Ils sont peut-être au bout de la rue.

— On retourne à la bagnole. Je commence à avoir froid.

— Tu veux qu'on arrête là pour aujourd'hui ?

— Quelle soirée pourrie !

— Je te le fais pas dire. Bon sang. »

Les bruits de pas s'éloignèrent. Eddie chuchota à Lena : « Attendons encore un petit moment », et elle répondit : « J'imagine que je peux remballer mon épingle à chapeau. »

Il sourit et grommela : « Fais attention à l'endroit où tu ranges ça, je tiens pas à me faire piquer. » Ils se tenaient dans l'espace exigu de l'étroite venelle et, lorsque Lena bougea le bras, son coude vint effleurer les côtes d'Eddie. Ce n'était qu'un simple contact mais, pour une raison ou une autre, il frissonna, comme s'il avait reçu un coup d'épingle à chapeau. Il savait pourtant bien que ce n'était pas l'épingle qui l'avait frôlé. Puis, se déplaçant à nouveau, changeant de position dans l'espace restreint, elle le toucha une nouvelle fois et il se remit à trembler. Il inspira rapidement entre ses dents, sentant qu'il se passait quelque chose. C'était soudain et beaucoup trop rapide, alors il essaya de calmer le jeu. Faut que t'arrêtes ça, pensa-t-il. Mais en fait, c'est arrivé trop vite, t'étais pas prêt, t'avais aucune idée de ce qui se tramait. Une chose est sûre, c'est que tu risques pas de te calmer avec elle tout près de toi, trop près de toi. Tu crois qu'elle a deviné ? Bien sûr qu'elle a deviné, puisqu'elle évite de te toucher. Et maintenant, elle recule pour te faire de la place. Mais on est encore trop à l'étroit ici. D'ailleurs, je pense qu'on peut sortir maintenant. Allez, vas-y. Qu'est-ce que t'attends ?

Il ouvrit la porte de la venelle et sortit sur le trottoir. Elle lui emboîta le pas. Ils remontèrent la rue sans échanger un mot ni un regard. Il se mit à accélérer la cadence, la devançant. Elle n'essaya pas de le rattraper, si bien qu'au bout d'un moment il se retrouva loin devant, sans en avoir conscience, simplement parce qu'il voulait rentrer chez lui au plus vite et dormir.

C'est alors qu'il se rendit compte qu'il marchait seul. Arrivé à un carrefour, il se retourna et attendit. Il la chercha du regard mais ne la vit pas. Où elle est passée ? se demanda-t-il. La réponse vint de très loin : le bruit de ses talons qui claquaient dans la rue, s'éloignant dans la direction opposée.

Pendant un instant, il songea à courir la retrouver. Comme ça, tu vas éviter le zéro de conduite, pensa-t-il en amorçant quelques pas. Puis il s'arrêta, secoua la tête et se ravisa : Vaut mieux laisser couler. T'approche pas d'elle.

Mais pourquoi ? se demanda-t-il, soudain conscient qu'il se passait à nouveau quelque chose. C'est pas possible, ça peut pas être ça, comme si l'idée même qu'elle te touche était trop difficile à gérer pour toi, que ça te faisait flancher. Ça fait des mois qu'elle travaille au Hut, tu l'as croisée tous les soirs et elle faisait simplement partie du décor. Et maintenant, voilà que ça te pose problème.

Arrête un peu, tu vas pas en faire une montagne… Simplement, t'aimes pas quand les choses se compliquent. Ce qui compte avant tout pour toi, c'est le plaisir, les joies faciles qui demandent aucun effort, les trucs à la cool qui te font sourire ironiquement. Ça fait longtemps que tu fonctionnes comme ça, et ça te réussit bien, très bien même. Alors tu m'écoutes et tu changes rien.

Mais elle a dit qu'elle habitait Kenworth Street. Tu devrais peut-être aller jeter un œil, histoire de t'assurer qu'elle est bien rentrée chez elle. Oui, les deux rigolos ont finalement pu décider de pas s'en tenir là pour ce soir et de faire le tour du quartier. Peut-être qu'ils l'ont vue marcher seule et…

Écoute, faut que t'arrêtes. Que tu penses à autre chose. Oui, mais à quoi ? Bon, tu vas penser à Oscar Levant. Est-ce qu'il est vraiment talentueux ? Oui, très. Et Art Tatum, il a du talent lui aussi ? Oui, beaucoup. Et Walter Gieseking ? Tu l'as jamais entendu jouer en personne, alors tu peux pas dire, t'en sais rien. Un autre truc qui t'échappe, c'est le numéro de la maison de Lena sur Kenworth Street. Tu sais même pas de quel côté de la rue elle habite. Elle te l'a dit ? Je m'en souviens pas.

Oh, je t'en prie, rentre te coucher.

~

Eddie vivait dans une pension à quelques rues du Hut. Une maison avec un étage, et c'est là-haut que se trouvait sa chambre. La pièce était petite et le loyer de cinquante-cinq dollars par semaine. C'était une bonne affaire car la propriétaire avait la phobie de la saleté ; elle était toujours en train d'astiquer ou d'épousseter. C'était une très vieille demeure, mais toutes les pièces étaient impeccables.

La chambre d'Eddie était meublée d'un lit, d'une table et d'une chaise. Sur le sol, près de la chaise, se trouvait une pile de magazines, des publications musicales, la plupart traitant de musique classique. Le magazine posé au sommet de la pile était ouvert et, une fois entré dans sa chambre, Eddie le prit pour le feuilleter. Il commença à lire un article sur les dernières avancées dans la théorie du contrepoint.

Le papier était très intéressant. Il était écrit par une pointure, quelqu'un qui savait de quoi il parlait. Eddie alluma une cigarette et, toujours vêtu de son manteau constellé de neige, il resta sous la lumière du plafonnier à se concentrer sur l'article. Au milieu du troisième paragraphe, il leva les yeux et regarda la fenêtre.

Elle donnait sur la rue ; le store était à moitié relevé. Eddie s'en approcha et jeta un œil à l'extérieur. Ensuite, il ouvrit la fenêtre et se pencha pour mieux voir. La rue était déserte. Il resta à contempler la neige tomber. Il sentit les flocons battus par le vent mordre son visage. L'air froid lui fouetta la peau, et il pensa : Mmm, vivement que je me mette au lit !

Il se déshabilla rapidement. Une fois nu, il se glissa sous le drap et l'épais édredon, tira sur le cordon de la lampe près de lui puis éteignit le plafonnier à l'aide d'une longue ficelle qui le reliait à la tête du lit. Calé contre son oreiller, il alluma une autre cigarette et se replongea dans son article.

Il poursuivit quelques instants sa lecture, jusqu'au moment où il laissa défiler les mots imprimés sans réellement les assimiler. Ce manège dura un certain temps, puis il lâcha le magazine sur le plancher. Adossé, il fumait en fixant le mur qui lui faisait face.

Quand sa cigarette fut pratiquement consumée, il se pencha pour l'éteindre dans le cendrier posé sur la table près du lit. Alors qu'il écrasait son mégot, il entendit frapper à la porte.

Le vent sifflait par la fenêtre ouverte et se mêlait aux coups qui provenaient du couloir. Il eut soudain très froid et se demanda qui ça pouvait bien être.

Puis, devinant qui se présentait à cette heure tardive et anticipant ce qui allait advenir parce qu'il l'avait déjà vécu maintes fois depuis trois ans qu'il habitait ici, il sourit.

De l'autre côté de la porte, une voix féminine chuchota : « T'es là, Eddie ? C'est moi, Clarice. »

Il sortit de son lit pour ouvrir la porte et la femme entra. Il l'accueillit d'un « salut, Clarice ». Elle le regarda, nu dans l'entrée de sa chambre, et lui dit : « Hé, mets-toi sous cet édredon. Tu vas attraper la crève. »

Puis elle ferma la porte, avec précaution et sans bruit. Il était de nouveau dans le lit, assis, l'édredon remonté jusqu'à la taille. Il lui sourit et l'invita à se mettre à l'aise.

Elle tira la chaise vers le lit et prit place. « Bon sang, ça caille ici », dit-elle avant de se lever pour fermer la fenêtre.

Puis, s'asseyant à nouveau, elle enchaîna : « Les gens qui aiment rester dans le froid m'ont toujours étonnée. C'est un miracle que t'attrapes pas la grippe. Ou une pneumonie.

— L'air frais, c'est bon pour la santé.

— Pas à cette saison, le sermonna-t-elle. On mettrait pas un chien dehors… ni aucune autre bête d'ailleurs. Même les oiseaux sont partis pour la Floride.

— Parce qu'ils en ont les moyens… avec leurs ailes.

— Je me damnerais pour une paire d'ailes, rebondit la femme. Ou au moins assez d'argent pour un ticket de car. Je ferais mes valises et je partirais vers le sud pour profiter d'un peu de soleil.

— T'es déjà allée dans le Sud ?

— Bien sûr, plein de fois. Lorsque je faisais des tournées avec un cirque itinérant. Un jour, à Jacksonville, je me suis cassé la cheville en essayant une nouvelle acrobatie. Ils m'ont abandonnée dans un hôpital sans même me laisser mon salaire. Ah ces forains… y en a, c'est vraiment des pourris. »

Elle lui prit une cigarette. Elle l'alluma d'un mouvement ample et gracieux du bras et du poignet. Puis elle jeta l'allumette enflammée en l'air, avant de la rattraper éteinte entre le pouce et le petit doigt de son autre main.

« Belle synchronisation, tu trouves pas ? » lui lança-t-elle, comme s'il découvrait ce tour.

Il l'avait vu un nombre incalculable de fois. Elle était toujours en train de réaliser un petit numéro. Parfois, au Hut, elle poussait les tables pour faire de la place, et effectuait des pirouettes et des sauts périlleux qui montraient qu'elle n'avait pas totalement perdu son sens du rythme, sa coordination et ses réflexes extraordinaires. À la fin de son adolescence et au début de sa vingtaine, elle avait été une danseuse acrobatique plus douée que la moyenne.

À présent âgée de trente-deux ans, elle était toujours professionnelle, mais dans un autre domaine. Il s'agissait d'acrobaties exécutées à l'horizontale sur un matelas, au cours desquelles son corps était loué trois dollars la représentation. Dans sa chambre au bout du couloir, les clients en avaient largement pour leur argent. Elle leur faisait un véritable numéro de cirque. Parmi les piliers de bar du Hut, on s'accordait à dire : « C'est vraiment quelque chose, cette Clarice. Quand on sort de sa chambre, on a le vertige. »

Ses compétences en la matière et surtout le fait qu'elle n'avait jamais ralenti le rythme étaient principalement dus à son désir de rester en forme. En tant que danseuse acrobatique, elle avait fidèlement respecté les règles strictes de l'entraînement, le régime alimentaire rigoureux et les exercices quotidiens. Dans sa pratique actuelle, elle était tout aussi dévouée aux impératifs de la culture physique, affirmant : « C'est très important, tu vois. Bien sûr, je bois du gin. Ça m'empêche de trop manger. J'évite tout excès de nourriture. »

Ça se voyait sur son corps. Elle avait encore une souplesse de contorsionniste, et elle était tellement désarticulée qu'on aurait dit qu'elle n'avait pas d'os du tout. Elle mesurait un mètre soixante-cinq pour quarante-sept kilos, mais n'avait pas l'air maigre ; elle était simplement élancée. Au niveau des seins, des hanches et des cuisses, il y avait à peine de quoi qualifier son corps de féminin. Sa féminité, on la décelait surtout dans son visage : son nez et son menton fragiles, ses yeux gris pâle et écartés. Elle avait les cheveux assez courts et toujours teints. Ce soir-là, ils étaient d'un jaune orangé.

Elle était vêtue d'un peignoir en tissu-éponge dont l'une des manches était déchirée quasiment jusqu'au coude. Tenant sa cigarette entre le pouce et l'auriculaire, elle la porta à sa bouche, avala une petite bouffée de fumée, la recracha et demanda : « T'as envie ?

— Pas ce soir.

— T'es fauché ? »

Il acquiesça.

Clarice tira sur sa cigarette. « Tu veux que je te fasse crédit ? »

Il secoua la tête.

« On l'a déjà fait. Je te fais confiance.

— C'est pas ça. Je suis fatigué, c'est tout. Je suis vanné même.

— Je te laisse dormir, alors ? » Elle s'apprêta à se lever.

« Non. Assieds-toi. Reste un peu avec moi. On va discuter.

— D'accord. » Elle se réinstalla sur sa chaise. « J'ai besoin de compagnie, de toute façon. Des fois je m'emmerde tellement dans ma piaule. Ils veulent jamais faire la causette. Comme s'ils avaient peur que je leur fasse payer un supplément.

— T'as bien travaillé ce soir ? »

Elle haussa les épaules. « Couci-couça. » Elle plongea la main dans la poche de sa robe de chambre, un froissement de billets et un tintement de pièces de monnaie se firent entendre. « Pas si mal pour un vendredi. En général, c'est pas la meilleure soirée de la semaine. Soit ils dépensent tout leur fric chez Harriet, soit ils se bourrent tellement la gueule qu'ils tiennent plus debout. Ou alors ils font trop de bruit et ça, je peux pas me le permettre. La proprio m'a encore passé un savon la semaine dernière. Elle m'a dit que si ça se reproduisait, j'allais devoir partir.

— Ça fait des années qu'elle te chante ce refrain.

— Je me demande pourquoi elle m'autorise à rester.

— Tu veux vraiment le savoir ? » Il esquissa un sourire. « Sa chambre se trouve pile sous la tienne. Elle pourrait s'installer ailleurs si elle voulait. Après tout, c'est sa baraque. Mais non, elle reste là. Faut croire qu'elle apprécie ce genre de musique.

— Quelle musique ?

— Celle des ressorts de ton matelas.

— Attends un peu, elle a soixante-seize ans.

— Justement. Quand tu deviens trop vieux pour le faire, tu cherches un ersatz. Pour elle, c'est le bruit de tes ressorts. »

Clarice y réfléchit quelques instants. Puis elle opina lentement du chef. « Maintenant que j'y pense, je crois bien que t'as mis le doigt sur quelque chose, là. » Puis d'ajouter en soupirant : « Ça doit être affreux, de vieillir.

— Tu crois ? Je pense pas. C'est la vie, c'est comme ça et puis c'est tout.

— Moi, ça m'arrivera pas, trancha-t-elle d'un ton catégorique. Arrivée à soixante balais, c'est ciao bye-bye. Ça sert à quoi de rester en vie quand t'as plus rien à faire ?

— Y a plein de trucs à faire après soixante ans.

— Pas pour moi. Tu me vois quand même pas adhérer à

un club de couture ou jouer au bingo tous les soirs ? Si c'est ça l'avenir, je préfère qu'ils me mettent dans une boîte.

— T'en sortirais aussi sec. Oui, t'en bondirais en faisant des sauts périlleux.

— Tu crois ? Tu le penses vraiment ?

— Bien sûr. » Il lui sourit. « Des doubles sauts périlleux et des saltos arrière. Et les gens t'applaudiraient. »

Son visage s'illumina, comme si elle voyait la scène. Mais ses pieds nus entrèrent en contact avec le plancher, et cela la ramena à la réalité. Elle regarda Eddie.

Puis elle quitta la chaise et s'installa sur le bord du lit. Elle posa sa main sur l'édredon qui recouvrait les genoux du pianiste.

Il fronça les sourcils. « Qu'est-ce qui se passe, Clarice ?

— J'en sais rien, je crois que j'en ai envie.

— Mais je t'ai dit que…

— On parlait affaires. Maintenant, c'est autre chose. Tiens, ça me fait penser à l'été dernier, quand je suis venue ici un soir et qu'on s'est mis à discuter. Je me souviens que t'avais pas une thune, alors je t'ai dit que je pouvais te faire crédit et t'as refusé. Du coup, j'ai laissé tomber et on s'est mis à bavarder de tout et de rien et t'as parlé de ma coiffure. T'as dit que c'était très joli, la façon dont j'avais arrangé mes cheveux. Je m'étais coiffée toute seule, plus tôt dans la soirée, et je me demandais ce que ça donnait. Alors bien sûr, tes paroles m'ont soulagée et je t'ai remercié. Je m'en souviens bien.

» Mais je sais pas, j'ai pensé que ça méritait mieux qu'un simple merci. Je crois que j'ai dû vouloir faire preuve de reconnaissance. Bon, c'était pas exactement ce qu'on appelle un prêté pour un rendu, mais plutôt une envie, je dirais.

Et le résultat, c'est que tu m'as eue sans débourser un sou. Et maintenant, je vais te dire quelque chose. Je vais te dire comment ça s'est passé pour moi : je suis montée droit au septième ciel. »

Le visage d'Eddie se renfrogna. Puis un sourire se mêla à sa moue crispée et il demanda : « Qu'est-ce qui t'arrive ? T'as des envolées lyriques ? »

Elle partit d'un petit rire. « On dirait bien, hein ? » Et elle répéta en s'imitant, pour le plaisir de se réentendre : « … droit au septième ciel. » Elle secoua la tête et déclara : « Bon sang, je devrais m'enregistrer et envoyer la bande à des réalisateurs de feuilletons radio. Mais n'empêche, ce que j'essaie de dire, c'est que cette soirée de l'été dernier, ç'a été un sacré moment, Eddie, et je suis pas près de l'oublier. »

Il acquiesça lentement. « Moi non plus.

— Tu t'en souviens ? » Elle se pencha vers lui. « Tu t'en souviens vraiment ?

— Bien sûr. C'est pas tous les jours qui se terminent comme ça.

— Et, si je me trompe pas, c'était aussi un vendredi soir.

— Ça, j'en sais rien.

— Bien sûr que si. C'était obligatoirement un vendredi soir, parce que le lendemain, Harriet t'a versé ton salaire au Hut. Elle te paie toujours le samedi, c'est pour ça que je m'en souviens. Elle t'a donné ton fric et t'es venu à la table où j'étais assise avec quelques michetons. T'as essayé de me refiler trois dollars. Je t'ai dit d'aller te faire foutre. Alors, t'as voulu savoir pourquoi j'étais en colère, et je t'ai répondu qu'y avait pas de problème. Et pour te le prouver, je t'ai offert un verre. Un double gin.

— C'est vrai », confirma-t-il, se souvenant qu'il ne voulait pas de la boisson mais qu'il l'avait acceptée par politesse. Lorsqu'ils avaient levé leurs verres, elle avait regardé à travers le sien et celui d'Eddie, comme si elle essayait de lui faire part de quelque chose qui ne pouvait être exprimé que par le biais de l'alcool. Il s'en souvenait à présent. Il s'en souvenait très clairement.

« Je suis vraiment crevé, Clarice. Si je l'étais pas… »

Elle retira sa main de l'édredon et du genou d'Eddie. Elle haussa les épaules et déclara : « Eh bien, tous les vendredis soir peuvent pas se ressembler. »

Il grimaça légèrement.

Elle se dirigea vers la porte. Une fois devant, elle se retourna et lui adressa un sourire amical. Il commença à articuler quelques mots, mais en fin de compte pas un son ne sortit de sa bouche. Le sourire de Clarice avait fait place à un regard inquiet.

« Qu'est-ce qu'il y a, Eddie ? »

Il se demanda ce qui transparaissait sur son visage. Il essayait d'afficher un sourire léger et distant, mais en vain. Il cligna plusieurs fois des paupières, se força, et le sourire se dessina enfin sur ses lèvres.

Mais elle le regardait droit dans les yeux. « T'es sûr que tout va bien ?

— Impeccable. Pourquoi tu voudrais que ça aille mal ? Aucun souci. »

Elle lui adressa un clin d'œil, comme pour dire : *Je te crois, si c'est ce que tu veux.* Puis elle lui souhaita bonne nuit et sortit de la chambre.

5

Eddie ne dormit pas beaucoup. Turley lui trottait dans la tête. Pourquoi tu ressasses ? pensa-t-il. Tu sais bien qu'ils l'ont pas eu. S'ils l'avaient attrapé, ils auraient pas besoin de toi. Ils t'ont suivi parce qu'ils ont très envie d'avoir une petite discussion avec lui. À quel sujet ? T'en sais rien et tu t'en fous. Parfait, alors maintenant, tu peux t'endormir.

Il repensa aux caisses de bière qu'il avait renversées sur le plancher du Hut. En faisant ça, t'as mis quelque chose en branle. C'est comme si tu leur avais avoué que t'avais un lien avec Turley. Et naturellement, ils ont saisi la balle au bond. Ils ont pensé que tu pouvais les conduire à lui.

Mais j'imagine que tout va bien maintenant. Premièrement, ils savent pas que t'es son frangin. Deuxièmement, ils savent pas où t'habites. Troisièmement… On va sauter ce troisième point, parce que ça concerne la serveuse et tu tiens pas à penser à elle. Alors c'est parfait, on va faire comme ça et se concentrer sur Turley. Tu sais qu'il s'en est sorti et c'est une bonne chose. Comme de savoir qu'ils t'auront pas non plus. Après tout, c'est pas des flics, ils peuvent pas poser de questions. Pas dans ce quartier en tout cas. C'est pas facile d'obtenir des informations dans le coin. Les habitants la bouclent lorsqu'il s'agit de lâcher des renseignements, surtout l'adresse de quelqu'un. Tu vis ici depuis assez longtemps pour en savoir quelque chose. Les gens font rempart contre les agents de recouvrement, les détectives privés ou tout autre type de limiers. Donc, peu importe à qui ils parlent, ils vont faire chou blanc. Mais attends. T'es bien sûr de toi ?

Y a qu'un truc qui fait pas l'ombre d'un doute, mon bonhomme. T'as besoin de dormir et tu trouves pas le sommeil. T'as enclenché quelque chose dont tu te fais toute une montagne, alors qu'en vérité c'est rien du tout. C'est du vent. Peau de balle.

Ses yeux étaient ouverts et il regardait par la fenêtre. Dans l'obscurité, il pouvait voir les points blancs bouger sur l'écran noir, des millions de petits flocons qui tombaient dehors, et il pensa : Les gamins vont faire de la luge aujourd'hui. Dis, elle est fermée cette fenêtre ou quoi ? Bien sûr que non, tu le vois bien. Tu l'as rouverte après le départ de Clarice. Eh bien, ouvre-la plus grand. On manque d'air là-dedans. Du frais, ça pourrait t'aider à trouver le sommeil.

Il sortit du lit et s'approcha de la fenêtre. Il l'ouvrit complètement. Puis il se pencha pour jeter un coup d'œil à l'extérieur : la rue était vide. De retour au lit, il ferma les yeux, s'appliqua à ce qu'ils le restent et finit par s'endormir. Il s'assoupit moins d'une heure, puis se leva pour aller remettre le nez dehors. La rue était toujours vide. Il dormit encore quelques heures avant de ressentir à nouveau le besoin de regarder. Il se pencha vers l'extérieur, balaya la rue du regard et constata qu'elle était déserte. Allez, c'est plié, se dit-il. Plus la peine de venir vérifier.

Les chiffres jaune clair sur le cadran du réveil annonçaient six heures quinze. On va dormir encore, et d'un sommeil profond, décida-t-il. On va dormir jusqu'à treize heures, ou plutôt jusqu'à treize heures trente. Il régla son réveil, se coucha et s'endormit. À huit heures, il se réveilla et retourna à la fenêtre. Puis il se remit au lit et dormit jusqu'à dix heures vingt, heure à laquelle il se rendit à nouveau à la fenêtre. Le seul élément notable, c'était la neige. Elle tombait en gros flocons et formait déjà une couche de quelques centimètres d'épaisseur au sol. Il l'observa quelques instants, puis se recoucha. Deux heures plus tard, il se leva et s'approcha de la fenêtre. Il ne se passait rien et il se rendormit. Trente minutes plus tard, il était réveillé et à la fenêtre. La rue n'était plus entièrement vide, une Buick y avait fait son apparition.

C'était un cabriolet à toit rigide vert pâle et crème. La voiture flambant neuve était garée de l'autre côté de la rue et, de l'angle de la fenêtre, Eddie pouvait voir les deux inconnus sur la banquette avant. Il reconnut d'abord les chapeaux de feutre, le gris perle et le plus foncé. C'est eux, se dit-il. Et tu savais qu'ils viendraient. Tu l'as su toute la nuit. Mais comment ils ont dégoté ton adresse ?

On va le savoir. On s'habille et on sort leur demander.

Il se vêtit sans se presser. Ils attendront, pensa-t-il. Ils sont pas aux pièces et ça les dérange pas d'attendre. Mais il fait froid dehors, faut pas les faire poireauter trop longtemps non plus, ce serait manquer de considération pour eux. Après tout, ils ont été attentionnés avec toi, très prévenants même. Ils auraient pu débarquer ici, enfoncer ta porte et te tirer du lit. Moi, je trouve ça très gentil de leur part de s'en être abstenus.

Il enfila son pardessus loqueteux, quitta sa chambre, descendit les marches et sortit de l'immeuble. Ils le virent arriver alors qu'il traversait la rue enneigée. Il leur souriait. En s'approchant, il fit un petit signe de reconnaissance et l'homme au volant lui répondit d'un geste de la main. C'était le petit mince, celui qui portait le chapeau gris perle.

La vitre de la voiture descendit, et l'homme derrière le volant lui lança : « Salut, Eddie.

— Eddie ?

— C'est pas ton nom, peut-être ?

— Si, c'est bien ça. » Il continua de sourire tout en interrogeant son interlocuteur du regard : Qui vous l'a dit ?

Des yeux, le petit mince répondit : On verra ça plus tard, avant d'ajouter à voix haute : « On m'appelle Feather. C'est une sorte de surnom. Rapport au fait que je suis un poids plume. » Il désigna l'autre homme : « Lui, c'est Morris.

— Enchanté, dit Eddie.

— De même, répondit Feather. On est très contents de faire ta connaissance, Eddie. » Puis il se contorsionna pour ouvrir la portière arrière. « Pourquoi tu restes dans la neige ? Grimpe dans la caisse, tu seras plus à l'aise.

— Je suis bien, là. »

Feather tenait la portière ouverte. « Il fait meilleur à l'intérieur.

— J'en doute pas. Mais je préfère rester dehors. J'aime bien être au frais. »

Feather et Morris échangèrent un regard. Morris dirigea sa main vers le revers de sa veste, ses doigts commençaient à glisser sous son pardessus quand Feather lui souffla : « Laisse ça. On en a pas besoin.

— Je veux seulement lui montrer, se justifia Morris.

— Il sait que t'es équipé.

— Peut-être pas. Je préfère éviter tout malentendu.

— Bon d'accord, montre-lui alors. »

Morris passa la main sous sa veste et sortit un petit revolver noir. L'arme était compacte et semblait lourde, mais il la manipulait comme s'il s'agissait d'un stylo plume. Il la fit tourner une fois autour de son index et elle s'arrêta pile dans sa paume. Il l'y laissa quelques instants, puis la remit dans l'étui qu'il portait sous sa veste. Feather réitéra son invitation : « Tu veux monter dans la voiture ?

— Non », persista Eddie.

À nouveau, Feather et Morris échangèrent un regard. Morris suggéra : « Il croit peut-être qu'on est là pour rigoler.

— Il sait qu'on plaisante pas.

— Monte dans la voiture, dit Morris à Eddie. Tu vas venir avec nous ou quoi ?

— Si je veux. » Eddie avait retrouvé son sourire. « Et là, non, j'en ai vraiment pas envie. »

Morris lui lança un regard noir. « C'est quoi ton problème ? T'es quand même pas idiot à ce point. Peut-être que tu travailles un peu du chapeau. » Puis d'ajouter à l'attention de Feather : « Il te paraît comment ? »

Feather scrutait le visage d'Eddie. « J'en sais rien, grommela-t-il lentement d'un air songeur. On dirait qu'il ressent rien.

— La froideur du métal, il la sentira, cracha Morris. Si je lui plombe la gueule, il restera pas indifférent. »

Eddie se tenait debout près de la vitre ouverte, fouillant dans sa poche en quête d'une cigarette. Feather lui demanda ce qu'il cherchait et il répondit : « Une clope. » Mais il était à court et finalement Feather lui en offrit une, qu'il lui alluma avant de dire : « Je t'en donnerai d'autres, si tu veux. Je t'achèterai un paquet entier. Si ça te suffit pas, je t'offrirai une cartouche. Ou peut-être que tu préfères de l'argent ? »

Eddie ne pipa mot.

« Ça te dirait, cinquante dollars ? annonça Morris en lui souriant cordialement.

— Qu'est-ce que je pourrais m'acheter avec ça ? » Il ne regardait aucun de ses interlocuteurs.

« Un nouveau pardessus, proposa Morris. Ce serait pas du luxe.

— Je crois qu'il en veut davantage », déclara Feather en scrutant le visage d'Eddie. Il attendait que ce dernier s'exprime. Il patienta pendant une quinzaine de secondes, puis enchaîna : « Pourquoi t'annoncerais pas la somme que tu veux ? »

Eddie parla très doucement : « En échange de quoi ? Qu'est-ce que je vends ?

— Tu sais bien, répliqua Feather avant de renchérir. Cent dollars ? »

Eddie resta muet. Il regardait de biais par la vitre ouverte, à travers le pare-brise et au-delà du capot de la Buick.

« Trois cents dollars, lança Feather.

— Ça couvre pas mal de frais, fit remarquer Morris.

— J'ai pas beaucoup de dépenses, lui rétorqua Eddie.

— Pourquoi t'essaies de gagner du temps ? l'interrogea gentiment Feather.

— C'est pas ce que je fais. Je réfléchis, c'est tout.

— Il croit peut-être qu'on a pas autant d'argent sur nous, suggéra Morris.

— C'est ça qui te retient ? demanda Feather à Eddie. Tu veux voir l'oseille ? »

Eddie haussa les épaules.

« Bonne idée, montre-lui, approuva Morris. Comme ça il saura que c'est pas du vent, qu'on a de quoi le payer. »

Feather fouilla dans la poche intérieure de sa veste et en sortit un portefeuille en peau de lézard. Il plongea les doigts dedans pour en extraire une liasse de billets craquants. Il les compta à haute voix, comme pour lui-même, mais assez fort pour qu'Eddie l'entende. Il y avait des coupures de vingt, de cinquante et de cent. Le total dépassait largement les deux mille dollars. Feather remit l'argent dans le portefeuille, qu'il rangea dans sa poche.

« T'as pas peur de te balader avec tout ce fric sur toi ? demanda Eddie.

— C'est trois fois rien, répondit Feather.

— Ça dépend de ton salaire annuel, grogna Eddie. Un type qui gagne un max, il a le portefeuille bien gonflé, c'est sûr. Mais pour certains, c'est seulement de l'argent qu'on leur prête.

— "On" ? » Feather plissa les yeux. « Qui ça, "on" ? »

Eddie haussa une nouvelle fois les épaules. « Eh bien, quand tu bosses pour des gros bonnets… »

Feather jeta un œil en direction de Morris. L'espace d'un

instant, tout fut calme. Puis Feather demanda : « T'essaierais pas de jouer au plus malin, par hasard ? »

Eddie adressa un sourire au petit mince et ne répondit rien.

« Dans ton propre intérêt, reprit calmement Feather, évite de faire le mariole avec moi. Ça risque de m'énerver et alors, on arrivera plus à parler affaires. Je serais trop remonté. » Il avait les yeux fixés sur le volant, le long duquel il faisait glisser ses doigts fins. « Bon, voyons voir. On en était où ?

— À trois cents dollars, indiqua Morris. Il marchait pas pour cette somme. Alors je crois que tu devrais pousser jusqu'à cinq cents...

— D'accord », approuva Feather. Il regarda Eddie. « Cinq cents dollars. »

Eddie baissa les yeux sur la cigarette entre ses doigts. Il la porta à sa bouche et tira pensivement dessus.

« Cinq cents dollars, répéta Feather. Pas un centime de plus.

— C'est ton dernier mot ?

— J'irai pas plus haut, trancha Feather, et il plongea sa main dans sa veste à la recherche de son portefeuille.

— Je marche pas », déclara Eddie.

Feather et Morris échangèrent un nouveau regard. « J'ai du mal à comprendre », dit Feather. Il parlait comme si Eddie n'était pas là. « Pourtant, on a déjà essayé de me la faire de mille façons, mais là, c'est nouveau. C'est quoi son délire ?

— Tu veux mon avis ? » Morris fit un geste désespéré, les

paumes tendues vers le haut. « Je donne ma langue au chat. Il est trop perché. »

Eddie, un sourire distant sur les lèvres, avait le regard dans le vide. Il tirait de petites taffes sur sa cigarette. Son pardessus était déboutonné, comme s'il n'avait pas conscience du vent et de la neige. Les deux hommes dans la voiture le regardaient fixement, attendant qu'il dise quelque chose, qu'il manifeste sa présence parmi eux d'une manière ou d'une autre.

Au bout du compte, Feather lança : « Bon allez, on va essayer autrement. » Sa voix était douce. « Écoute Eddie, voilà ce qui se passe : tout ce qu'on veut, c'est avoir l'occasion de discuter avec lui. On va pas lui faire de mal.

— À qui ? »

Feather s'emporta. « Allez, tu vois qu'on joue cartes sur table. Tu sais bien de qui on parle. De ton frère. De ton frangin Turley. »

L'expression d'Eddie ne changea pas. Il ne cilla même pas. Mais intérieurement, il partit en vrille : Bon, ça y est. Ils savent que c'est ton frangin. Alors maintenant t'es mouillé, dedans jusqu'au cou, et t'aimerais bien trouver une manière de te dépatouiller.

Il entendit Feather poursuivre : « On veut simplement lui parler. Tout ce que t'as à faire, c'est de nous mettre en relation.

— Impossible, répondit-il. Je sais pas où il est. »

Ce à quoi Morris répliqua : « Sûr et certain ? T'essaierais pas de le protéger, par hasard ?

— Pour quelle raison ? » Eddie haussa les épaules. « C'est seulement mon frangin. Pour cinq cents dollars, je serais bien con de pas vous le donner. Après tout, c'est quoi un frère ? Ça veut rien dire.

— Le voilà qui rejoue au malin, se lamenta Feather.

— Un frère, une mère, un père, enchaîna Eddie avec un nouveau haussement d'épaules, c'est pas si important que ça. C'est comme de la marchandise qu'on présente sur un comptoir. Enfin, poursuivit-il en baissant un peu la voix, si on s'en réfère à la façon de penser de certains.

— Qu'est-ce qu'il baragouine maintenant ? grogna Morris.

— Je crois comprendre qu'il nous envoie paître », expliqua Feather. Alors il regarda son comparse, acquiesça en silence et, tandis que l'autre sortait le revolver, il dit à Eddie : « Ouvre la portière. Monte. »

Eddie ne bougea pas d'un pouce et se contenta de sourire.

« Il l'aura voulu, déclara Morris et le cran de sûreté cliqueta.

— Joli son, commenta Eddie.

— Tu veux entendre quelque chose de vraiment beau ? grogna Feather.

— Tu dois d'abord compter jusqu'à cinq, le prévint Eddie. Allez, jusqu'à cinq… je veux t'entendre. »

Le visage de Feather était livide. « On va réduire ça à trois », répliqua-t-il tout en regardant derrière le pianiste.

« D'accord, jusqu'à trois alors. Tu veux que je compte à ta place ? proposa Eddie.

— Plus tard, s'amusa Feather qui, les yeux toujours braqués derrière son interlocuteur, souriait à présent. Enfin, je veux dire : quand elle sera là. »

À ce moment précis, Eddie se mit à ressentir la neige et le vent. Les bourrasques étaient gelées. Il s'entendit demander : « Quand qui sera là ?

— La nana, rayonna Feather. La nana avec qui on t'a vu hier soir. Elle vient te rendre visite. »

Eddie se retourna et la vit longer le trottoir dans leur direction. Elle traversa la rue en diagonale, s'approchant de la voiture. Il leva haut la main dans un geste d'avertissement, lui intimant de rebrousser chemin : S'il te plaît, fais demi-tour. Elle continua à avancer vers la voiture et il pensa : Elle sait que t'es en mauvaise posture et elle imagine pouvoir t'aider. Mais d'où elle est, elle peut pas voir l'arme…

Il entendit la voix de Feather demander : « C'est ta copine, Eddie ? »

Il l'ignora. La serveuse se rapprocha encore. Il fit un autre geste pour la prévenir, mais elle était maintenant à quelques pas, alors il détourna le regard pour jeter un coup d'œil à l'intérieur de la voiture. Il vit Morris tourné dans leur direction, l'arme se déplaçant lentement de droite à gauche pour mettre deux personnes en joue au lieu d'une. Ça y est, pensa-t-il. Maintenant elle est impliquée.

6

Bientôt Lena fut à côté d'Eddie, et tous deux fixèrent le revolver. Eddie attendit qu'elle l'interroge sur ce qui se passait, mais elle n'ouvrit pas la bouche. Feather se pencha en arrière et leur sourit, leur laissant le temps d'étudier l'arme, de l'intégrer dans l'équation. Cela dura peut-être trente secondes, ensuite Feather demanda à Eddie : « Pour en revenir à nos moutons, tu veux toujours que je compte jusqu'à trois ?

— Non, je pense pas que ce soit nécessaire. » Eddie s'efforçait de rester détendu, mais la présence de la serveuse le contrariait.

« Comment on se positionne ? voulut savoir Morris.

— Toi, tu vas derrière », lui annonça Feather avant de lui prendre le revolver et d'ouvrir la portière pour sortir de la voiture. L'arme près du corps et marchant légèrement en retrait, il accompagna Eddie et Lena de l'autre côté de la Buick. Il leur ordonna de s'asseoir sur la banquette avant. Eddie s'apprêtait à monter en premier, mais Feather l'arrêta : « Non, je veux qu'elle soit au milieu. » Elle s'installa et Eddie la suivit. Depuis la banquette arrière, Morris tendit la main pour récupérer l'arme. L'espace d'un instant, il aurait été possible de s'en saisir mais, les chances étant maigres, Eddie se raisonna : T'auras beau être rapide, le revolver te prendra de vitesse. Tu vas essayer de l'attraper, et le coup partira. Et tu sais, de la balle ou de ton bras, qui touchera sa cible en premier. Je crois qu'il faut se rendre à l'évidence, on est bons pour une petite virée.

Il suivit Feather des yeux pendant qu'il s'installait derrière le volant. La serveuse regardait droit devant elle, à travers le pare-brise. « Assois-toi au fond de la banquette, lui intima Feather. Tu seras plus à l'aise. » Sans même jeter un coup d'œil dans sa direction, elle répondit « Merci » et s'exécuta en croisant les bras. Feather démarra.

La Buick s'engagea doucement sur la chaussée, tourna à une intersection, descendit une rue étroite puis déboucha sur une voie plus large. Feather alluma la radio. Un groupe de cool jazz interprétait un air enjoué. La musique était joliment posée, entre le saxophone aux sonorités douces et le toucher léger de l'expert au clavier. C'est du très bon piano, remarqua Eddie. Je crois que c'est Bud Powell.

Puis il entendit Lena demander : « On va où ?

— Demande à ton mec, répliqua Feather.

— C'est pas mon mec.

— Eh bien, demande-lui quand même. C'est lui qui connaît le chemin. »

Elle regarda Eddie. Il haussa les épaules et continua à écouter la musique.

« Allez, s'emporta Feather. Dis-nous quelle route suivre.

— Vous allez où ?

— Voir Turley.

— C'est où ce bled ? demanda Lena.

— C'est pas un bled, expliqua Feather. C'est son frangin. On a des affaires à régler avec lui.

— Le type d'hier soir ? s'enquit-elle auprès d'Eddie. Celui qui est parti en courant du Hut ? »

Il acquiesça. « Ils ont mené leur enquête. D'abord, ils ont découvert que c'était mon frère. Puis ils ont obtenu d'autres renseignements. On leur a donné mon adresse.

— Qui a parlé ?

— Je crois savoir, mais j'en suis pas sûr.

— Je vais tout vous expliquer, dit Feather. On est retournés au troquet à l'ouverture ce matin. On a commandé quelques verres, puis on a parlé avec Gras-Double, je veux dire le type qui a l'air d'un ancien catcheur...

— Plyne, intervint la serveuse.

— Ah, c'est comme ça qu'il s'appelle ? » Feather appuya légèrement sur le klaxon et deux gamins en luge remontèrent sur le trottoir. « Bref, on est au bar et le gars vient taper la discute, il nous raconte qu'il est le gérant et nous offre un verre. Alors il se met à parler à bâtons rompus, en tournant soigneusement autour du pot. Au début, il s'en sort haut la main, mais au bout d'un moment, il est dépassé et s'emberlificote. Nous, on se contente de le regarder. Alors, il crache le morceau. Il veut savoir dans quoi on trempe.

— Il demande ça en se pourléchant les babines, précisa Morris depuis la banquette arrière.

— Ouais, approuva Feather. Le gars s'était mis en tête qu'il avait affaire à des gros bonnets, et il cherchait à savoir si y avait pas moyen d'entrer dans notre combine. C'est marrant, les has been, ils rêvent tous de retrouver leur gloire perdue.

— Pas tous », siffla la serveuse en regardant Eddie avec insistance. Puis, se tournant vers Feather : « Et alors ?

— Eh bien, on est restés évasifs. On a distillé quelques paroles en l'air qui ont attisé sa faim. Puis, mine de rien, comme si ça n'avait aucune importance, j'ai mentionné notre ami ici même qui a renversé les cartons de bières hier. C'était pas gagné d'avance, mais ça a marché. » Feather lança un sourire amical à Eddie. « Du feu de Dieu, même.

— Ce Plyne ! lança la serveuse. Lui et sa grande gueule.

— Et on l'a bien arrosé, reprit Feather. Je lui ai glissé un billet de cinquante pour la peine.

— J'ai cru que ses yeux allaient lui sortir de la tête quand il a vu la coupure, commenta Morris.

— Ah, ça lui a donné faim, rit Feather. Il nous a invités à repasser. Il a dit que s'il y avait le moindre truc, fallait pas hésiter à l'appeler…

— Le porc, s'indigna Lena. Le sale porc. »

Feather riait tant et plus. Il regarda par-dessus son épaule et lança à Morris : « Maintenant que j'y pense, c'est bien à ça qu'il ressemblait. Je veux dire, quand il a pris le billet. On aurait dit un porc qui se jetait sur sa bouillie… »

Morris désigna le pare-brise. « Regarde où tu roules. »

Feather cessa de rire. « Qui c'est qui conduit ?

— C'est toi. Mais regarde toute cette neige, il gèle ! Et on a pas de chaînes.

— On en a pas besoin. On a des pneus neige.

— Très bien, mais tu devrais quand même faire attention. »

Feather se retourna pour toiser Morris. « Tu vas pas m'expliquer comment conduire ?

— Bon Dieu, s'emporta Morris. Je te dis seulement...

— M'explique pas comment conduire. J'aime pas qu'on me dise comment faire.

— Avec la neige, y a toujours des accidents, se justifia Morris. On veut arriver à bon port...

— Bien vu, répliqua Feather, sauf qu'on sait pas où on va. »

Puis il jeta un regard interrogateur à Eddie.

Eddie écoutait la musique.

Feather tendit la main en direction du tableau de bord pour éteindre la radio. Il s'adressa à Eddie : « On aimerait bien savoir où aller. Tu veux bien nous aider un peu ? »

Eddie haussa les épaules. « Je vous ai dit que je sais pas où il est.

— T'en sais rien ? T'as pas la moindre idée ?

— C'est une grande ville, expliqua Eddie. Une très grande ville même.

— Peut-être qu'il est pas à Philadelphie », grommela Feather.

Eddie cligna plusieurs fois des yeux. Il regardait droit devant lui. Il sentit que la serveuse l'observait.

Feather enchaîna alors : « Je disais qu'il est peut-être pas en ville. Il pourrait être à la campagne, par exemple.

— Hein ? » fit Eddie tout en pensant : Bon allez, du calme. Il a peut-être dit ça au hasard.

« Ouais, à la campagne, reprit Feather. Comme, disons, dans le New Jersey. »

Bingo, pensa Eddie. Il a pas lancé ça au hasard.

« Je pourrais même dire dans le South Jersey, pour être un peu plus précis. »

Eddie regardait Feather à présent. Il ne disait rien. La serveuse était assise entre eux, calme et sereine, les mains croisées sur les genoux.

Morris lança d'un air moqueur, feignant l'ignorance : « C'est quoi cette histoire de South Jersey ? Qu'est-ce qu'il y a là-bas ?

— Des pastèques, expliqua Feather. C'est là qu'on les cultive.

— Des pastèques ? » Morris jouait le rôle du faire-valoir de Feather dans leur numéro comique. « Qui cultive ça ?

— Les agriculteurs, imbécile. Il y en a plein dans le South Jersey. On y voit tout un tas de fermettes et plein de pastèques.

— Où ça ?

— Mais tu planes ou quoi ? Je viens de te le dire. Dans le South Jersey.

— Ouais, mais les pastèques, où ça… dans les arbres ?

— Vous l'entendez ? dit Feather à l'attention des deux passagers sur la banquette avant. Il croit que les pastèques poussent dans les arbres. » Puis s'adressant à Morris : « Elles poussent dans la terre. Comme les salades.

— Eh bien, j'ai déjà vu des champs de salades, mais jamais de pastèques. Comment ça se fait ?

— T'as pas bien regardé.

— Ben si pourtant. J'observe toujours le paysage. Surtout dans le South Jersey. J'y suis allé plein de fois. À Cape May. À Wildwood. Partout.

— Et t'en as pas vu ?

— Pas la queue d'une pastèque.

— J'imagine que tu devais conduire de nuit, suggéra Feather.

— Peut-être, consentit Morris puis, après avoir attendu un peu pour l'effet, il ajouta : Ou peut-être que ces fermes sont loin de la route.

— Alors là, à mon avis, tu tiens quelque chose. » Feather lança un coup d'œil rapide en direction d'Eddie, puis reprit d'une voix douce : « Certaines de ces fermes sont situées au fond des bois. Enfin, les lopins de pastèques, quoi. Ils sont comme cachés...

— Bon allez, ça va bien là », les coupa la serveuse. Elle se tourna vers Eddie. « De quoi ils parlent ?

— C'est rien, cracha Eddie.

— J'aimerais bien que ce soit rien », fit remarquer Morris.

Lena se tourna vers Feather. « Qu'est-ce qu'il y a là-bas ?

— Sa famille », lui expliqua Feather. Puis il s'adressa à Eddie : « Allez, tu ferais aussi bien de lui dire.

— De lui dire quoi ? » Eddie s'exprimait calmement. « Qu'est-ce que je pourrais lui raconter ?

— Plein de choses, lui répondit Morris. Enfin, si t'es vraiment dans le coup. » Il avança un peu son arme, délicatement, de sorte que le canon effleure seulement l'épaule d'Eddie. « Alors, t'es dans le coup ?

— Hé, fais attention... » Eddie écarta son épaule.

« Qu'est-ce qui se passe ? demanda Feather.

— Il a peur du flingue, expliqua Morris.

— Bien sûr qu'il en a peur. Moi aussi. Range ça. Le coup risque de partir au moindre cahot.

— Je veux qu'il sache…

— Mais il sait que t'es armé. Ils le savent tous les deux. Ils ont pas besoin de voir ton flingue pour savoir qu'il est là.

— Bon, très bien, ronchonna Morris. Très bien, très bien.»

La serveuse regarda Feather, puis Eddie, avant de reposer ses yeux sur Feather. «Comme il veut rien me dire, vous pourriez peut-être…

— Au sujet de sa famille?» Feather sourit. «Bien sûr, j'ai quelques infos. Il a encore ses parents et deux frères : Turley et Clifton. C'est bien ça, hein Eddie?»

Eddie haussa les épaules. «Si tu le dis.

— Tu sais quoi? articula lentement Morris. Je pense qu'il est dans le coup.

— Dans quel coup? s'emporta la serveuse. Vous pourriez au moins me donner les grandes lignes…

— Tu vas les avoir quand on arrivera dans cette baraque, déclara Feather.

— Quelle baraque?

— Celle dans le South Jersey, reprit Feather. Dans les bois, là où y avait un champ de pastèques qui a été envahi par les mauvaises herbes, et du coup c'est plus une ferme. C'est rien qu'une vieille maison en bois entourée de broussailles. Et de forêts. Et y a pas d'autres maisons à des kilomètres à la ronde…

— Et pas de routes non plus, ajouta Morris.

— Pas de routes goudronnées, en tout cas, précisa Feather. Pour entrer dans les bois, faut emprunter des chemins de terre. Tout ce que tu vois, c'est des arbres, des arbres et encore des arbres. Et enfin, tu tombes sur cette baraque isolée. Un endroit assez lugubre, somme toute. » Il regarda Eddie. « On a pas de temps à perdre, tu connais le chemin, alors ce que tu vas faire, c'est nous montrer la route à suivre.

— Pourquoi ? demanda la serveuse. Pourquoi vous avez besoin qu'on vous indique le chemin ? Vous décrivez cette maison comme si vous y étiez déjà allés.

— Non jamais », rectifia Feather. Il avait toujours les yeux braqués sur Eddie. « On m'en a parlé, c'est tout. Mais on a oublié de m'expliquer un truc. C'est comment y aller.

— Il va t'expliquer, dit Morris.

— Bien sûr qu'il va m'expliquer. Il a pas vraiment le choix. »

Morris donna un coup dans l'épaule d'Eddie. « Vas-y, crache le morceau.

— Pas tout de suite, intervint Feather. Attends qu'on traverse le pont pour le New Jersey. Là, il nous dira quelle route prendre.

— Peut-être qu'il sait pas, suggéra la serveuse.

— Tu plaisantes ? » Feather tourna le regard vers Lena. « Il a grandi là-bas. Pour lui, c'est une simple virée à la campagne pour rendre visite à sa famille.

— Un peu comme s'il rentrait chez lui pour fêter Thanksgiving », précisa Morris. Il toucha encore l'épaule d'Eddie. Cette fois-ci, c'était une tape amicale. « C'est vrai quoi... Tu trouves pas qu'on est bien à la maison, hein, Eddie ?

— Sauf que c'est pas une maison, déclara doucement Feather. C'est une planque. »

7

Ils se trouvaient à présent sur Front Street, roulant vers le sud en direction du Delaware River Bridge. La circulation était dense et, après l'intersection avec Lehigh Avenue, la rue était embouteillée. En plus des voitures et des camions, il y avait la nuée de flâneurs du samedi après-midi, et certains badauds traversaient en dehors des passages cloutés, la tête baissée pour se protéger du vent et de la neige. La Buick avançait très lentement et Feather n'arrêtait pas de klaxonner. Morris maudissait les piétons. Devant la Buick, une très vieille voiture sans chaînes ni essuie-glaces roulait à environ vingt kilomètres-heure.

« Donne-lui un coup d'avertisseur, s'emporta Morris. Allez, remets-lui-en un coup.

— Il m'entend pas, lui répondit Feather.

— Vas-y, klaxonne. T'arrête pas. »

Feather appuya sur le bouton chromé au centre du volant et le klaxon se mit à retentir, encore et encore. Le conducteur de la voiture qui le précédait se retourna pour le fusiller du regard, mais Feather continua à klaxonner.

« Essaie de le doubler, lui suggéra Morris.

— Je peux pas, grommela Feather. La rue est pas assez large.

— Vas-y, là. Y a personne dans le sens inverse. »

Feather déporta la Buick vers la gauche puis franchit la ligne centrale. Il commençait à dépasser la vieille guimbarde quand un camion de livraison de pain se profila en face à une vitesse qui laissait indiquer une forte probabilité de collision frontale.

Feather braqua comme un dingue et retrouva sa file juste à temps.

« T'aurais dû insister, fit remarquer Morris. T'avais assez de place. »

Feather ne répondit rien.

Un groupe de femmes d'un certain âge traversa la rue en se faufilant entre la Buick et la voiture qui la précédait. Elles ne semblaient absolument pas conscientes du danger. Feather écrasa la pédale de frein.

« Pourquoi tu t'arrêtes ? cria Morris. Si elles veulent se faire écraser, grand bien leur fasse !

— C'est ça, renchérit la serveuse. Fonce-leur dessus. Réduis-les en bouillie. »

Les femmes traversèrent et la Buick reprit son avancée. Alors, une bande de gamins se précipita sur la chaussée et la voiture fut de nouveau à l'arrêt.

Morris descendit la vitre de son côté et se pencha pour crier : « Non mais, ça va pas ?

— Va mourir », lui répondit un des enfants. C'était une gamine d'environ sept ans.

« Je vais te tordre le cou, lui hurla Morris.

— Tout ce que tu veux, chantonna la gamine, tant que tu touches pas à mes chaussures en daim bleues. »

Les autres enfants se mirent à reprendre en chœur la chanson *Blue Suede Shoes*, en grattant sur des guitares imaginaires et en imitant divers chanteurs de rock survitaminés. Morris remonta sa vitre en marmonnant : « Foutus délinquants juvéniles.

— Oui, c'est un vrai problème, ironisa la serveuse.

— Toi, ta gueule », s'emporta Morris.

Elle se tourna vers Eddie. « Le souci, c'est qu'il y a pas assez d'aires de jeu. Il en faudrait plus. Comme ça, les gosses ne traîneraient plus dans la rue.

— Tout à fait, répondit Eddie. Les gens devraient faire quelque chose. C'est une vraie calamité. »

Lena tourna la tête vers Morris. « Qu'est-ce que t'en penses ? T'as pas d'idée sur la question ? »

Morris n'écoutait pas. Il avait de nouveau descendu sa vitre et il était penché à l'extérieur de la voiture, concentré sur la circulation venant d'en face. Il cria à Feather : « La voie est libre. Vas-y… »

Feather commença à tourner le volant. Puis il changea d'avis et reprit sa place. Un instant plus tard, un taxi les croisa à toute allure. Tous ne virent qu'une tache jaune passer en trombe.

« T'aurais pu doubler, se plaignit Morris. T'avais le temps… »

Feather ne prononça pas un mot.

« Faut y aller quand l'occasion se présente, insista Morris. Si c'était moi qui conduisais…

— Tu veux prendre le volant ? demanda Feather.

— Tout ce que je dis c'est…

— Je vais te le donner, le coupa Feather. Mais attention, tu risques de le prendre en travers de la gueule.

— T'énerve pas, temporisa Morris.

— Arrête, et laisse-moi conduire. Tu veux bien ?

— Bien sûr, fit Morris en haussant les épaules. C'est toi le chauffeur. Forcément, tu t'y connais question conduite.

— Alors, ferme-la. » Feather avait de nouveau les yeux rivés sur le pare-brise. « S'il y a une chose que je sais faire, c'est conduire une bagnole. Je vois pas qui pourrait y trouver à redire. Une bagnole, je peux lui faire faire tout ce que je veux…

— À part s'insérer dans le trafic », souligna Morris.

Une fois encore, Feather se retourna. Son regard était glacial, et il dévisageait le grand maigre sur la banquette arrière. « Qu'est-ce que tu fais ? Tu me cherches ?

— Non, dit Morris. Je fais simplement la conversation. »

Feather le regardait toujours. « J'ai pas besoin qu'on me parle comme ça. Trouve quelqu'un d'autre à critiquer. Et va lui expliquer comment conduire. »

Morris tendit le doigt vers le pare-brise. « Garde les yeux devant toi…

— Tu sais pas t'arrêter toi, hein ? » Feather se déplaça légèrement sur la banquette pour mieux voir l'homme à l'arrière de la voiture. « Je vais te dire un truc, Morris. Écoute-moi bien…

— Attention au feu, cria Morris en faisant de grands gestes en direction du pare-brise. Il est rouge… »

Feather avait toujours les yeux braqués sur son comparse.

« Je te préviens, Morris. C'est la dernière fois que je te le dis…

— Le feu, hurla Morris. Il est rouge, arrête-toi… »

La Buick était à quelques mètres du carrefour lorsque Feather leva le pied de l'accélérateur pour appuyer tout en douceur sur la pédale de frein. Alors que la voiture s'arrêtait, Eddie jeta un coup d'œil à la serveuse et vit qu'elle observait discrètement l'autre côté de la rue perpendiculaire, où une voiture de police noir et blanc était garée en double file. Deux agents discutaient avec le conducteur d'un camion garé sur une zone de stationnement interdit. Eddie avait repéré le véhicule de police et s'était demandé si la serveuse l'apercevrait et saurait quoi faire. Il se dit : C'est le moment ou jamais, y aura pas d'autre occasion.

Lena déplaça soudain sa jambe gauche pour écraser l'accélérateur de toutes ses forces. Les piétons s'écartèrent d'un bond tandis que la Buick grillait le feu rouge et manquait de peu une voiture se dirigeant vers la droite. La Buick poursuivit sa course, traversant les voies de tram, et fit une embardée alors que Feather appuyait sur le frein, sans que la serveuse ait retiré le pied de l'accélérateur. Une caravane venue de la droite effectua un virage désespéré et atterrit sur le trottoir. Des femmes crièrent, ce fut la cohue sur le bas-côté, des freins crissèrent et, finalement, le sifflet d'un policier retentit.

La Buick était à l'arrêt de l'autre côté des voies de tram. Derrière le volant, Feather était calé au fond de la banquette avant et regardait Lena de travers. Eddie observait le policier qui hurlait sur le conducteur de la caravane, lui ordonnant de redescendre sur la chaussée. Il n'y avait pas de blessés, mais plusieurs piétons étaient en état de choc. Quelques femmes criaient de façon incohérente, désignant la Buick d'un doigt accusateur. Puis, progressivement, les gens s'approchèrent. Dans l'habitacle, personne ne bronchait. Autour de la voiture, la foule s'épaississait. Feather regardait toujours la serveuse. Eddie jeta un coup d'œil dans le rétroviseur et vit que Morris avait retiré son chapeau. Il le tenait entre ses mains et observait d'un œil bovin les piétons à l'extérieur. Certaines personnes s'adressaient à Feather. Puis la foule s'écarta pour laisser passer le policier. Eddie vit que l'autre agent était toujours occupé avec le camionneur mal stationné. Il tourna lentement la tête, Lena l'observait. Elle semblait attendre qu'il dise ou fasse quelque chose. Du regard, elle lui fit comprendre : À toi de jouer, à partir de maintenant, c'est toi qui as les cartes en main. Il fit un geste très discret, se désignant lui-même, comme s'il disait : D'accord, je m'en occupe. C'est moi qui parle.

Le policier s'adressait à Feather sur un ton calme. « On va dégager la rue. Venez vous garer par là, le long du trottoir. » La Buick avança doucement, accompagnée par le policier à pied qui guidait le chauffeur en direction de la voie de gauche. « Coupez le moteur, dit l'agent à Feather. Sortez du véhicule. »

Feather éteignit le moteur, ouvrit la portière et sortit. La foule s'agitait. Un homme déclara : « Il est bourré. C'est obligé, pour conduire comme ça. » Et une femme âgée cria : « On n'est plus en sécurité nulle part. Dès qu'on sort, on met nos vies en danger… »

Le policier s'approcha de Feather et lui demanda : « Vous

avez consommé de l'alcool ? » et Feather de répondre : « J'ai pris que deux verres, monsieur l'agent. Je vous amène au bar, le serveur pourra vous le confirmer. » Le policier toisa Feather. « D'accord, vous n'êtes pas ivre. Alors qu'est-ce qui s'est passé ? » Alors que Feather ouvrait la bouche pour répondre, Eddie intervint rapidement : « Il sait pas conduire, c'est tout. C'est un vrai chauffard. » Feather jeta un regard à Eddie qui poursuivait sur sa lancée : « Il s'agace toujours dans les embouteillages. » Puis Eddie se tourna vers la serveuse : « Allez, viens chérie. On va s'épargner ça. On va prendre le tram.

— Je vous comprends », compatit le policier alors qu'ils sortaient de la voiture. Depuis la banquette arrière, Morris cria : « À plus tard, Eddie », et il y eut comme un moment de flottement. Eddie jeta un coup d'œil en direction du policier en pensant : Tu pourrais en profiter pour informer les flics. Tu crois que ça pourrait arranger les choses ? Non, décida-t-il. C'est probablement mieux comme ça.

« À plus », lança Morris alors qu'ils disparaissaient dans la foule. La serveuse s'arrêta et toisa Morris : « Ouais, passez nous voir, dit-elle en faisant un signe de la main au grand type maigre dans la Buick, on vous attend… »

Ils fendirent la foule. Puis ils remontèrent Front Street. La neige avait faibli. Il faisait un peu plus chaud maintenant, et le soleil essayait de percer. Mais le vent ne s'était pas calmé, il était toujours aussi mordant, et Eddie pensa : Il va encore y avoir de la neige, ce ciel a l'air changeant. Il pourrait bien y avoir du blizzard.

Il entendit la serveuse dire : « On devrait changer de rue.

— Ils vont pas faire demi-tour.

— Ils en seraient capables.

— Je crois pas. Quand ce flic en aura fini avec eux, ils seront épuisés. Je pense qu'ils iront au ciné ou au hammam. Ils ont eu leur compte pour aujourd'hui.

— Il a dit qu'ils nous retrouveraient plus tard.

— T'as répondu ce qu'il fallait. T'as dit qu'on les attendrait. Ça leur donnera matière à réflexion. Je pense que ça va bien les faire cogiter.

— Jusqu'à quand ? » Elle le dévisagea. « Combien de temps avant qu'ils remettent ça ? »

Eddie fit un geste désinvolte de la main. « Qui sait ? Pourquoi s'en faire ? »

Elle imita son geste et son ton indifférent. « Eh bien, il se peut que t'aies raison. Sauf que t'oublies un truc. C'était pas un pistolet à eau qu'il avait. S'ils viennent nous chercher, faudra peut-être s'en inquiéter. »

Il resta silencieux. Ils marchaient un peu plus vite à présent. « Eh bien ? » l'interrogea-t-elle, et il ne dit rien. Elle insista. Elle observait son visage en attendant sa réponse. « Alors ? » lui demanda-t-elle, puis elle lui saisit le bras. Ils s'arrêtèrent et s'observèrent.

« Écoute, lâcha-t-il avant de sourire légèrement. C'est pas ton problème. »

Elle transféra tout son poids sur une jambe, posa sa main sur sa hanche et déclara : « C'est pas ce que j'avais compris.

— C'est pourtant simple. Je me contente de répéter ce que tu m'as expliqué hier soir, je croyais que t'étais sincère. En tout cas, je l'espérais.

— Autrement dit, fit-elle en prenant une grande inspiration, tu me demandes de m'occuper de mes oignons.

— Eh bien, je le dirais pas comme ça...

— Pourquoi pas ? » Elle avait légèrement haussé le ton. « Sois pas si poli. »

Les yeux perdus dans le vide derrière elle, son sourire aimable plaqué sur les lèvres, Eddie répliqua : « Ne nous énervons pas...

— T'es bien trop courtois, trancha-t-elle. Si tu veux dire quelque chose, vas-y carrément. Tourne pas autour du pot. »

Son sourire se dissipa. Il essaya de se forcer. Ça ne venait pas. Ne la regarde pas, se dit-il. Si tu la regardes, ça va recommencer comme hier soir dans la venelle quand elle se tenait à côté de toi. Elle est près de toi, là, maintenant que t'y penses. Bien trop près. Il recula d'un pas, garda les yeux dans le vide derrière elle, puis dit sans réfléchir : « J'ai pas besoin de ça.

— De quoi ?

— De rien, marmonna-t-il. Laisse tomber.

— OK. »

Il tressaillit. Puis fit un pas vers elle. Qu'est-ce que tu fais ? se demanda-t-il. Il secoua la tête, essayant de s'éclaircir les idées. C'était peine perdue. Il se sentait tout chose.

Il l'entendit dire : « Eh bien, j'aimerais quand même savoir avec qui je m'embarque.

— T'es embarquée avec personne », la reprit-il, et il essaya lui-même d'y croire. Il lui adressa un sourire. « Pour le moment, on bavarde simplement sur le trottoir.

— Alors, c'est ça ?

— Bien sûr. C'est ça et rien d'autre. Quoi de plus ?

— J'en sais rien. » Son visage était inexpressif. « Enfin, tant qu'on m'explique pas. »

Laisse couler, pensa-t-il. Tu ferais mieux de laisser couler. Mais regarde-la un peu attendre ta réponse. Ça lui noue les tripes. Elle en crève de savoir ce que tu penses.

« Viens, on avance, dit-il. Ça sert à rien de rester ici.

— T'as raison, fit-elle, un petit sourire aux lèvres. Ça nous mène à rien, c'est sûr. Allez, on y va. »

Ils reprirent leur remontée de Front Street. Ils marchaient lentement, sans prononcer un mot. Ils continuèrent pendant plusieurs centaines de mètres, sans se parler, puis elle s'arrêta à nouveau et lâcha tout à coup : « Je suis désolée, Eddie.

— Ah bon ? À quel sujet ?

— Je suis désolée d'avoir insisté. J'aurais pas dû fourrer mon grand nez là-dedans.

— Il est pas grand, ton nez. Il est parfait.

— Merci. » Ils se tenaient devant un magasin à prix unique. Elle jeta un œil en direction de la vitrine. « Je crois que je vais aller faire quelques courses…

— Je ferais bien de t'accompagner.

— Non. Je peux y aller toute seule.

— Eh bien, on sait jamais…

— Écoute, tu viens de m'expliquer qu'il n'y avait aucune raison de s'inquiéter. Que grâce à toi, ils sont allés au cinéma ou au hammam…

— Ou à Woolworth's, la coupa-t-il. Ils pourraient très bien entrer dans ce Woolworth's.

— Et alors ? » Elle haussa légèrement les épaules. « C'est pas moi qu'ils cherchent, c'est toi.

— Bien vu. » Il lui sourit. « Sauf que c'est pas aussi simple que ça. Ils t'ont repérée maintenant. Et associée à moi. Comme si on faisait équipe…

— Ah bon ? » Elle détourna le regard. « Tu parles d'une équipe. Tu veux même pas me dire de quoi il retourne.

— À propos de quoi ?

— À propos du South Jersey. De cette maison dans les bois. De ta famille…

— En fait, j'en sais rien. J'ai aucune idée de ce qui se trame là-bas.

— Vraiment ? » Elle lui lança un regard en coin.

Il ne répondit pas. Il songea : Qu'est-ce que tu peux lui raconter ? Qu'est-ce que tu pourrais bien lui raconter quand tu sais absolument rien ?

« Eh bien, reprit-elle, quoi que ce soit, tu t'es bien abstenu d'en parler à ce flic. En tout cas, t'as clairement évité de mentionner le flingue. Pour pas que la police se penche sur cette affaire. Ou disons plutôt, pour pas que ta famille soit embêtée par la police. J'ai bon ou quoi ?

— Oui, avoua-t-il. C'est à peu près ça.

— Rien à ajouter ?

— Non. J'en sais pas plus.

— Très bien, dit-elle. Très bien, Edward. »

Le silence les submergea. Comme si on avait ouvert une vanne et que le silence affluait.

« À moins qu'il faille que je l'appelle Eddie ? se demanda-t-elle à haute voix. Aujourd'hui c'est Eddie. C'est aussi

Eddie qui jouait sur le vieux piano du Hut. Mais il y a des années, c'était Edward... »

D'un geste de la main, il la supplia de s'arrêter.

« ... Edward Webster Lynn, poursuivit-elle, le pianiste qui donnait des récitals au Carnegie Hall. »

Elle pénétra dans le magasin.

8

Alors, ça y est, se dit-il en lui-même. Mais comment elle a su ? Qu'est-ce qui lui a mis la puce à l'oreille ? Je pense qu'il faudrait examiner la question. Ou peut-être pas, en fait. C'est logique qu'elle se souvienne de quelque chose. Ça a dû lui revenir d'un seul coup. Ouais, c'est comme ça que ça se passe d'habitude. Tout lui est revenu en un éclair : le nom, le visage et la musique. Ou alors : la musique, le nom et le visage. Le tout mélangé, depuis sept ans, tu parles…

Quand est-ce qu'elle a compris ? Ça fait quatre mois qu'elle travaille au Hut, six soirs par semaine. Jusqu'à hier, c'est à peine si elle savait que t'existais. Examinons ça de plus près. Est-ce qu'il s'est passé quelque chose hier soir ? T'as fait le malin sur ton clavier ? Une mesure ou deux de Bach, peut-être ? Ou de Brahms, Schumann ou Chopin ? Non. Tu sais bien qui lui a fait comprendre. C'est Turley.

Y a pas de doute, c'est Turley lorsqu'il est entré en délirant dans cette pétaudière et qu'il s'est mis à dégoiser sur la musique en général et sur le triste état de la culture en Amérique, décrétant que l'endroit n'était pas à ta hauteur, que c'était pas l'instrument qui te convient ni le public qu'il te faut. Il a hurlé que tu devrais jouer dans une salle de concert, sur un piano à queue étincelant, au milieu de diamants qui brillent sur des gorges blanches et de costards assis dans des fauteuils d'orchestre à sept dollars cinquante. C'est ça qui l'a mise sur la piste.

Mais attends une minute. Qu'est-ce qui se passe ici ? Elle va au Carnegie Hall, elle ? Non, elle est pas du genre à écouter de la musique classique, vu comment elle parle, je dirais qu'elle est plutôt amatrice de musique populaire. En fait, je connais pas vraiment sa vie ni son parcours. Et la façon dont une personne s'exprime a pas grand-chose à voir avec sa formation. Tu devrais le savoir. Il suffit de t'écouter.

Ou plus précisément, d'écouter Eddie. Eddie débite des expressions argotiques, mange ses mots, respecte pas toujours la grammaire. Tu sais qu'Edward a jamais parlé de cette façon. Edward était éduqué, c'était un artiste et il parlait comme les gens cultivés. Je suppose que tout ça dépend de l'endroit où on se trouve, de ce qu'on fait et des personnes qu'on fréquente. Le Hut et le Carnegie Hall, ça fait deux. Ouais. Et c'est clair qu'Eddie a rien à voir avec Edward. Ça fait un bail que t'as coupé tous les liens avec lui. De manière claire et nette.

Alors pourquoi tu te remémores le passé ? Pourquoi tu remues tout ça ? Eh bien, simplement pour voir. Y a pas de mal à jeter un œil. Pas de mal ? Tu déconnes ou quoi ? Tu sens déjà la douleur revenir, comme si tout recommençait. À l'identique.

~

Au cœur d'une forêt du South Jersey, une maison en bois surplombe un champ de pastèques. C'est la toile de fond de sa prime enfance, qui se déroula principalement dans la passivité. En tant que benjamin, il n'était grosso modo qu'un petit spectateur perplexe, incapable de comprendre les fourberies de Clifton ou le caractère tumultueux de Turley. Ses deux aînés étaient toujours sur la brèche, et quand ils ne faisaient pas les quatre cents coups à la maison, ils parcouraient la campagne. Leur viande de prédilection étant le poulet, ils devinrent des experts dans le vol de gallinacés. Parfois, ils essayaient de faucher un porcelet. Ils se faisaient rarement prendre. Ils réussissaient à louvoyer ou n'hésitaient pas à se battre pour s'en sortir et, à quelques occasions, au milieu de l'adolescence, ils allèrent jusqu'à tirer quelques coups de feu.

La mère les traitait de voyous, puis haussait les épaules et s'en tenait à ça. Elle avait l'habitude de laisser couler. Déjà épuisée au début de la vingtaine, elle était soumise aux corvées de la ferme, à l'arrachage des mauvaises herbes, à la destruction des coléoptères et des champignons qui réduisaient chaque année la récolte de pastèques. Le père ne se souciait jamais de rien. C'était un buveur paresseux et indolent. Il avait une descente remarquable.

Le père avait un autre don. Il savait jouer du piano. Il prétendait avoir été un enfant prodige. Bien sûr, personne ne le croyait. Mais parfois, assis devant le vieux piano droit du petit salon miteux et sans moquette, il faisait des choses étonnantes sur le clavier. D'autres fois, lorsqu'il se sentait d'humeur, il donnait des leçons de musique à Edward, alors âgé de cinq ans. Il semblait n'y avoir rien d'autre à faire avec cet enfant, plutôt taciturne, qui restait à l'écart de ses abominables frères comme si sa vie en dépendait. En fait, c'était loin d'être le cas. Les deux grands ne le malmenaient jamais. Ils le taquinaient de temps en temps, mais le laissaient généralement tranquille. Dans le fond, ils étaient à peine conscients de sa présence. Le père était un peu désolé pour Edward : il errait dans la maison comme une créature de la forêt qui, perdue, serait entrée là par erreur.

Les cours de musique passèrent d'une à deux fois par semaine, puis devinrent finalement quotidiens. Le père se rendit compte qu'il se passait quelque chose, quelque chose de vraiment extraordinaire. À l'âge de neuf ans, Edward se produisit devant une assemblée de professeurs, dans une école située à dix kilomètres de chez eux. Quand il eut quatorze ans, des gens vinrent de Philadelphie pour l'entendre jouer. Ils repartirent en ville avec lui pour qu'il obtienne une bourse d'études à l'institut de musique Curtis. À dix-neuf ans, il donna son premier concert dans un petit auditorium. Il n'y avait pas foule et la plupart des spectateurs étaient entrés avec une invitation. Mais l'un d'entre eux était un homme de New York, un agent d'artistes de concert, qui s'appelait Eugene Alexander.

Le bureau d'Alexander se trouvait sur la 57ᵉ Rue, à deux pas du Carnegie Hall. C'était un petit réduit et son carnet d'adresses était plutôt restreint. Mais le mobilier était extrêmement coûteux, et les clients étaient tous des grands noms ou des gens en passe de le devenir. Lorsque Edward signa avec Alexander, l'agent fit comprendre au pianiste qu'il n'était qu'une petite goutte d'eau dans un océan immense.

« Et franchement, le prévint Alexander, je dois vous parler des obstacles que vous allez rencontrer. Dans ce domaine, la concurrence est rude, impitoyable même. Mais si vous êtes prêt… »

Il était plus que prêt. Il était enthousiaste et impatient de commencer. Il se mit dès le lendemain à étudier sous la direction de Gelensky, Alexander se chargeant de payer les leçons. Gelensky était un petit homme complètement chauve, au sourire doux et au visage sillonné de tant de rides qu'il ressemblait à un gobelin. Et, comme Edward l'apprit bientôt, ses gentils sourires tenaient aussi de la créature fantastique tant ils cachaient une tendance diabolique : Gelensky ne semblait pas accepter que les doigts, faits de chair et d'os, puissent se fatiguer. « Il ne faut jamais s'arrêter, disait le petit homme en souriant gentiment. Quand les mains se mettent à transpirer, c'est bien. C'est seulement là que vous commencez à progresser. »

Edward transpira abondamment. Certaines nuits, ses doigts étaient si raides qu'il avait l'impression de porter des attelles. Des nuits où ses yeux étaient brûlés par l'effort des sept, huit, voire neuf heures passées devant le clavier, les notes sur les partitions finissant par se fondre dans un brouillard gris. Des nuits de doute, de découragement. Cela en vaut-il la peine ? se demandait-il. C'est du travail, du travail et encore du travail. Et ce n'est que le début. Il y a tant de choses à apprendre. Oh, mon Dieu, c'est dur, c'est vraiment dur. Être enfermé tout le temps, sans pouvoir sortir si l'envie t'en prend. Tu es trop fatigué. Mais tu devrais sortir. Pour prendre l'air, au moins. Ou faire une promenade à Central Park ; c'est agréable Central Park.

Oui, mais il n'y a pas de piano à Central Park. Le piano, il est ici, dans cette pièce.

C'était un appartement en sous-sol situé sur la 76e Rue, entre Amsterdam et Columbus Avenue. Le loyer s'élevait à cinquante dollars par mois et Alexander se chargeait de le régler. C'était également Alexander qui donnait à Edward de l'argent pour manger, se vêtir et couvrir les faux frais. Et pour le piano. Et pour le radio-phonographe, ainsi que pour plusieurs albums de concertos et de sonates. Tout venait d'Alexander.

Récupérera-t-il un jour son investissement ? se demandait Edward. Suis-je à la hauteur de ses espérances ? Nous le saurons en temps voulu. Mais pas tout de suite, en tout cas. Gelensky prend vraiment son temps. Il n'a même pas évoqué tes débuts à New York. Cela fait presque deux ans que tu répètes sous sa direction et il n'a pas encore parlé d'un concert. Ni même d'un petit récital. Qu'est-ce que cela signifie ? Tu peux lui demander. Enfin, si tu n'as pas peur. Mais je pense que ça te terrifie. Je pense que tu as peur qu'il te dise que oui, tu es prêt à jouer en public, et alors tu seras réellement mis à l'épreuve, tu devras affronter le verdict de New York.

Parce que New York n'est pas Philadelphie. Les critiques new-yorkais sont beaucoup plus sévères. Regarde ce qu'ils ont fait la semaine dernière à Harbenstein. Il a pourtant travaillé sous la direction de Gelensky pendant cinq ans. Et en plus, Alexander est son agent. Cela prouve-t-il quelque chose ?

C'est possible. Tout à fait possible. Cela pourrait démontrer qu'en dépit d'un excellent professeur et d'un agent dévoué et efficace, l'artiste n'avait tout simplement pas la flamme, qu'il n'était pas à la hauteur. Pauvre Harbenstein. Je me demande ce qu'il a fait le lendemain en lisant les critiques ? Il a probablement pleuré. Oui, ça ne fait aucun doute. Le pauvre homme. Vous attendez si longtemps cette chance, vous nourrissez tant d'espoirs, et d'un seul coup tout est fini, ils vous ont mis en pièces, ils vous ont massacré. Mais je crois que là, tu es en train de t'inquiéter pour rien. Et c'est absurde, Edward. Il n'y a vraiment aucune raison de s'en faire. Tu t'appelles Edward Webster Lynn, tu es pianiste de concert, tu es un artiste.

Trois semaines plus tard, Gelensky lui annonça qu'il ferait bientôt ses débuts à New York. Moins d'une semaine après, dans le bureau d'Alexander, il signa un contrat pour donner un récital. Il s'agissait d'une représentation d'une heure dans l'auditorium d'un petit musée d'art situé sur la Cinquième Avenue. Il retourna dans son appartement en sous-sol, fou de joie et étourdi d'excitation, vit l'enveloppe, l'ouvrit et resta planté sur place à regarder l'avis ronéotypé. Il venait de Washington. On lui ordonnait de se présenter au conseil de révision le plus proche.

Il fut déclaré apte au service. Son incorporation n'allait pas tarder, il était donc inutile de se préparer pour le récital. Il se rendit dans le South Jersey, passa une journée avec ses parents, qui l'informèrent que Clifton avait été blessé dans le Pacifique et que Turley se trouvait quelque part dans les Aléoutiennes, avec une unité du génie militaire. Sa mère lui prépara un bon dîner et son père le força à boire un verre « pour lui porter chance ». Il retourna à New York, puis rejoignit un camp d'entraînement dans le Missouri, d'où il fut envoyé en Birmanie.

Il fit partie des Maraudeurs de Merrill. Il fut blessé trois fois. D'abord, il reçut un éclat d'obus dans la jambe. Ensuite, il ramassa une balle dans l'épaule. Enfin, il prit plusieurs coups de baïonnette dans les côtes et l'abdomen, et à l'hôpital on doutait de sa survie. Mais lui était très impatient de s'en sortir. Il pensait à son retour à New York, au piano, au soir où il mettrait une cravate blanche pour se produire devant le public du Carnegie Hall.

À son retour à New York, il apprit qu'Alexander était mort d'une maladie rénale et qu'une université chilienne avait confié à Gelensky une importante chaire de professeur. Est-ce qu'ils sont réellement partis ? demanda-t-il au ciel et aux rues de Manhattan alors qu'il marchait seul. Admettre que c'était la vérité, qu'ils n'étaient vraiment plus là, le terrassa. Cela signifiait qu'il devait tout recommencer.

Eh bien, allons-y. Tout d'abord, il faut chercher un agent.

Il n'en trouva pas. Ou plutôt, les imprésarios ne voulaient pas de lui. Certains étaient polis, d'autres étaient gentils et lui disaient qu'ils aimeraient bien pouvoir faire quelque chose, mais qu'il y avait tellement de pianistes en activité, le secteur était bouché… Certains étaient directs, d'autres encore franchement impitoyables. Ils ne prenaient même pas la peine d'écrire son nom sur une fiche. Ils lui firent prendre conscience que personne n'avait entendu parler de lui, qu'il était un inconnu.

Il ne baissa pas les bras. Il se dit que cela ne pouvait pas continuer ainsi et que, tôt ou tard, on finirait par lui donner sa chance, il tomberait sur une personne suffisamment intéressée pour lui dire : « D'accord, jouez-moi du Chopin. Je veux vous entendre interpréter Chopin. »

Mais aucun agent n'était intéressé, pas le moins du monde. Il ne savait pas se vendre. Il n'arrivait pas à parler de lui, à faire comprendre qu'Eugene Alexander était venu à son premier récital, qu'il l'avait inscrit sur une liste qui comprenait certains des meilleurs, et que Gelensky lui avait dit : « Non, ils n'applaudiront pas. Ils resteront assis dans leur fauteuil, stupéfaits. La manière dont vous jouez… Vous êtes un maître du piano. Vous pensez qu'il en existe beaucoup ? D'après mon dernier décompte, il y en a neuf dans le monde. Pas un de plus. »

Il ne parvenait pas à citer Gelensky. Parfois, il essayait de décrire ses propres aptitudes, la vision qu'il avait de son talent, mais les mots ne sortaient pas. Son talent se trouvait dans ses doigts et tout ce qu'il parvenait à dire, c'était : « Si vous me laissiez jouer pour vous… »

Les agents l'envoyaient promener d'un revers de la main.

Cela dura plus d'un an, et pendant ce temps il exerça différents emplois. Il fut préparateur de commandes, chauffeur de camion, ouvrier dans le bâtiment, et il occupa d'autres postes dans lesquels il ne resta que quelques semaines, deux mois tout au plus. Ce n'était pas parce qu'il était paresseux, ou en retard, ou qu'il manquait de force. Quand il se faisait mettre à la porte, on lui reprochait généralement d'être « étourdi » ou « distrait », mais certains employeurs, plus perspicaces, lui disaient carrément : « Tu n'es qu'à moitié là, tu as la tête ailleurs. »

Toutefois, sa distinction militaire, un Purple Heart orné de deux feuilles de chêne, commença à porter ses fruits et l'argent de l'invalidité lui suffit pour obtenir d'abord une chambre plus grande, puis un petit logement individuel, et enfin un appartement presque assez spacieux pour qu'on puisse le qualifier de studio. Il acheta un piano à crédit et afficha une pancarte indiquant simplement « professeur de piano ».

Cinquante cents la leçon. Ses élèves ne pouvaient pas se permettre davantage. Il s'agissait pour la plupart de Portoricains qui vivaient dans les immeubles environnants, aux alentours de la 95e Rue Ouest. Parmi eux se trouvait une jeune fille prénommée Teresa Fernandez, qui travaillait la nuit près de Times Square, au comptoir d'une minuscule échoppe spécialisée dans les jus de fruits. À dix-neuf ans, elle était veuve de guerre. Son époux, Luis, avait été réduit en cendres sur un croiseur lourd lors d'une opération militaire dans la mer de Corail. Elle n'avait pas d'enfant et vivait seule, au troisième étage côté rue d'un immeuble de la 93e Rue. C'était une fille tranquille, une élève assidue et persévérante, même si elle ne possédait aucun talent musical.

Après plusieurs leçons, il s'en rendit compte et lui conseilla d'arrêter les frais. Elle répondit qu'elle se moquait de l'argent et que, si le « señor Lynn » n'y voyait pas d'inconvénient, elle serait très heureuse de continuer.

« Peut-être que si je prends encore des leçons, je vais progresser. Je sais que je suis stupide, mais…

— Ne dites pas ça, lui répondit-il. Vous n'êtes pas du tout stupide. C'est que…

— J'aime ces leçons, señor Lynn, c'est une manière agréable de passer le temps l'après-midi.

— Vous aimez vraiment le piano ?

— Oui, oui. Beaucoup. » Une certaine ardeur brillait dans ses yeux. Il savait ce que c'était, et ça n'avait rien à voir avec la musique. Elle détourna le regard, papillonnant des cils pour essayer de se cacher, puis se mordit la lèvre, comme pour se réprimander d'avoir laissé transparaître ses sentiments. Elle était gênée et s'excusait silencieusement, ses épaules s'affaissèrent un peu, sa gorge fine se contracta tandis qu'elle ravalait les mots qu'elle n'osait prononcer. Il se dit que c'était une personne très agréable, très douce, et aussi très seule. Il ne faisait aucun doute qu'elle était terriblement seule.

Ses traits et son corps dégageaient quelque chose de fragile, et elle se déplaçait avec grâce. D'apparence, elle semblait plus castillane que caribéenne. Elle avait les cheveux légèrement cuivrés, les yeux de la couleur de l'ambre et sa peau blanc perle avait l'éclat que beaucoup de femmes espéraient obtenir en fréquentant les instituts de beauté. Teresa l'avait hérité d'un de ses aïeux qui avait vécu il y a bien longtemps, avant que sa famille traverse l'Atlantique. Le contour et la couleur de ses lèvres affectaient une pointe de noblesse profondément ancrée. Oui, elle ressent quelque chose pour moi, se dit-il avant de se demander pourquoi il n'avait jamais remarqué ses sentiments auparavant. Jusqu'à ce jour, ce n'était qu'une fille comme les autres qui voulait apprendre le piano.

Trois mois plus tard, ils étaient mariés. Il l'emmena dans le South Jersey pour lui présenter sa famille et la prépara à la rencontre en lui détaillant sans ambages ce à quoi elle allait être exposée, mais le séjour s'avéra finalement agréable. D'autant plus que ses frères n'étaient pas là pour faire du tapage et lancer des remarques obscènes. Clifton voyageait alors énormément pour son travail. Turley était débardeur sur le front de mer, à Philadelphie. Cela faisait plus d'un an qu'ils n'étaient pas rentrés chez eux. Tous les deux mois arrivait une carte postale de Turley, mais rien de Clifton, et la mère déclara à sa bru : « Il pourrait au moins écrire. Tu crois pas qu'il devrait écrire ? » C'était comme si Teresa faisait partie de la famille depuis des années. Ils étaient à table et la mère avait fait rôtir une oie. Ce fut un repas très spécial, et le père le rendit plus singulier encore en se présentant les cheveux peignés, les ongles brossés, une chemise propre sur le dos. Tout au long de la journée, il s'était abstenu de boire. Mais après le dîner, il s'attela à la tâche et, en quelques heures, il consomma quasiment toute sa bouteille. Il adressa un clin d'œil à Teresa et s'exclama : « Dis donc, quelle jolie plante ! Viens me faire un baiser. » Elle sourit à son beau-père et lui demanda : « Pour fêter notre bonheur ? » Puis elle s'approcha de lui et l'embrassa. Il but un autre verre et lança à Edward, sur le ton de la confidence : « Tu t'es trouvé un chouette petit lot. Maintenant, va falloir la garder. Les choses vont tellement vite à New York… »

Ils retournèrent dans leur appartement en sous-sol situé sur la 93e Rue. Il continua de donner des leçons de piano et Teresa resta travailler à son stand de jus de fruits. Quelques semaines passèrent, au terme desquelles il lui demanda de bien vouloir quitter son emploi. Il lui avoua ne pas aimer le fait qu'elle travaille de nuit. C'était un endroit qui l'inquiétait, lui expliqua-t-il, précisant que, même si elle n'avait jamais eu de problèmes avec les noctambules de Times Square, cela pouvait néanmoins arriver.

« Y a des policiers partout, objecta-t-elle, ils protègent les femmes…

— N'empêche, il y a des endroits plus sûrs que Times Square le soir.

— Comme quoi ?

— Eh bien, comme…

— Ici ? Avec toi ? »

Il bredouilla : « Quand tu n'es pas là, j'ai l'impression… Eh bien, c'est comme si j'étais aveugle.

— Tu aimes me voir tout le temps ? Tu as besoin de moi à ce point ? »

Il colla ses lèvres à son front. « C'est pas seulement ça. C'est plus encore…

— Je sais, susurra-t-elle avant de se serrer contre lui. Je comprends ce que tu veux dire. Pour moi, c'est pareil. Et c'est de plus en plus fort… »

Elle abandonna son poste et trouva un travail de jour dans un café de la 86e Rue, près de Broadway. C'était un chouette petit endroit, l'atmosphère y était généralement agréable, et parfois il s'y rendait pour prendre son déjeuner. Sur place, ils jouaient au client et à la serveuse : ils faisaient semblant de ne pas se connaître, et lui essayait d'obtenir un rendez-vous avec elle. Puis un jour, alors qu'elle travaillait là depuis plusieurs mois et qu'ils s'adonnaient à leur jeu habituel, il se rendit compte que quelque chose ne tournait pas rond, comme si quelqu'un s'était immiscé dans leur petite routine.

Il s'agissait d'un homme assis à une table voisine. Il les

observait, leur souriait. C'est à elle qu'il sourit ? se demanda Edward en dévisageant l'homme. Mais non, se dit-il, c'est à moi, il me sourit. Comme s'il me connaissait...

Alors, l'homme se leva et s'approcha pour se présenter. Il s'appelait Woodling. Il était imprésario et se souvenait d'Edward Webster Lynn. « Mais oui, bien sûr, s'exclama Woodling lorsque Edward lui donna son nom, vous êtes venu à mon bureau il y a environ un an. J'étais alors très occupé et je n'ai pas pu vous consacrer beaucoup de temps. Je suis désolé d'avoir été un peu brusque...

— Oh, ne vous inquiétez pas. Je comprends tout à fait.

— Les choses ne devraient pas fonctionner ainsi, reprit Woodling. Mais cette ville est tellement frénétique, la compétition y est omniprésente. »

Teresa demanda : « Ces messieurs désirent manger ? »

Son époux lui sourit, lui prit la main. Il la présenta à Woodling, à qui il expliqua le jeu du client et de la serveuse. Woodling s'esclaffa et déclara que c'était un jeu formidable, car il y avait toujours deux gagnants.

« Vous voulez dire qu'on remporte tous les deux le gros lot ? demanda Teresa.

— Le client en particulier, répondit Woodling, faisant un geste en direction d'Edward. Il a beaucoup de chance. Vous êtes la plus belle récompense dont un homme puisse rêver, ma chère.

— Merci, murmura Teresa. C'est très gentil à vous de dire ça. »

Woodling insista pour payer le déjeuner. Il invita le pianiste à lui rendre visite à son bureau. Ils se donnèrent rendez-vous un après-midi, plus tard dans la semaine. Lorsque

Woodling sortit du café, le pianiste resta assis, bouche bée.
« Qu'est-ce qu'il y a ? demanda Teresa.

— Je n'arrive pas à y croire. C'est pas possible...

— Il t'a proposé un travail ?

— Pas un travail. Mais il m'offre une chance. J'aurais jamais cru que ça m'arriverait un jour. J'avais abandonné tout espoir.

— C'est important pour toi ? »

Il hocha lentement la tête.

Trois jours plus tard, il pénétra dans les locaux de la 57e Rue. L'ameublement était d'une élégance discrète et les pièces vastes. Le bureau privé de Woodling était très grand et orné de plusieurs peintures à l'huile. Il y avait un Matisse, un Picasso et quelques tableaux d'Utrillo.

Ils discutèrent longuement. Puis ils se rendirent dans une salle d'audition où Edward s'assit devant un Baldwin en acajou. Il joua quelques morceaux de Chopin, de Schumann, et une composition extrêmement difficile de Stravinsky. Il resta au piano pendant exactement quarante-deux minutes. Woodling déclara : « Excusez-moi un instant », sortit de la pièce et revint un contrat à la main.

Il s'agissait d'un contrat-type qui n'offrait aucune garantie. Il stipulait simplement que, pour une période d'au moins trois ans, le pianiste serait représenté par Arthur Woodling. Cependant, Edward eut l'impression de gravir le premier barreau d'une échelle incrustée de pierres précieuses. Dans le domaine de la musique classique, le nom de Woodling était connu des deux côtés de l'océan, d'un hémisphère à l'autre. Il était l'un des plus grands.

Woodling avait quarante-sept ans. De taille moyenne,

le corps mince et musclé, il prenait soin de sa personne. Il avait un teint éclatant de santé. On pouvait voir au contour de ses yeux qu'il évitait le surmenage et les longues soirées de travail. Il avait une épaisse chevelure bouclée poivre et sel, entièrement blanche au niveau des tempes. Ses traits étaient soigneusement sculptés, à l'exception du côté gauche de sa mâchoire. Là, ils étaient légèrement déformés, souvenir d'une liaison avec une soprano colorature qui avait mis fin à leur relation une quinzaine d'années auparavant, au cours d'une tournée de concerts en Amérique du Sud. Elle avait utilisé un lourd serre-livres en bronze pour lui fracturer la mâchoire.

L'après-midi où il signa le contrat avec Edward Webster Lynn, l'agent portait un col blanc amidonné et une cravate grise achetés en Espagne. Son costume venait du même pays. Ses boutons de manchette rappelaient également cette culture : des rectangles d'argent sur lesquels était gravé un casque de conquistador. Le thème espagnol, en particulier celui des boutons de manchette, avait été soigneusement choisi pour cette occasion.

Sept mois plus tard, Edward Webster Lynn faisait ses débuts à New York. C'était au Carnegie Hall. Il y eut de nombreux rappels. Ensuite, ce fut Chicago, puis à nouveau New York. Et, après sa première tournée à travers le pays, on voulut le voir jouer en Europe.

Là-bas, à la fin de ses représentations, le public se levait d'un bond en criant « bravo » jusqu'à s'en casser la voix. À Rome, les femmes jetèrent des fleurs sur la scène. Lorsqu'il revint au Carnegie Hall, le concert afficha complet trois mois à l'avance. Cette année-là, alors qu'il avait vingt-cinq ans, il donna quatre représentations dans cette salle.

En novembre de la même année, il joua à l'Academy of Music de Philadelphie. Il interpréta le *Concerto* de Grieg et la réaction du public frisa l'hystérie, plusieurs personnes sanglotèrent, et un célèbre critique devint incohérent et pour finir muet. Plus tard dans la soirée, Woodling donna une fête dans sa suite au Town-Casa. Elle se trouvait au troisième étage. À minuit passé, Woodling s'approcha du pianiste et lui demanda : « Où est Teresa ?

— Elle a dit qu'elle était fatiguée.

— Encore ?

— Oui, répondit-il calmement. Encore. »

Woodling haussa les épaules. « Elle n'apprécie peut-être pas ces fêtes. »

Le pianiste alluma une cigarette. Il la tenait maladroitement. Un serveur s'approcha, un plateau de flûtes de champagne à la main. Le pianiste saisit un verre, se ravisa et tira sur sa cigarette. Il souffla la fumée entre ses dents, regarda le sol et déclara : « Ce n'est pas à cause des fêtes, Arthur. Elle est tout le temps fatiguée. Elle est… »

Il y eut un autre moment de silence. Puis Woodling insista : « Qu'y a-t-il ? Qu'est-ce qui se passe ? »

Le pianiste ne répondit pas.

« Ça doit être à cause de tous ces voyages, à force de vivre dans des hôtels…

— Non, trancha durement Edward. C'est à cause de moi.

— Des querelles ?

— Si seulement. C'est pire que ça. Bien plus grave.

— Tu ne veux pas en parler ? lui demanda Woodling.

— Ça ne servirait à rien. »

Woodling le prit par le bras et le conduisit hors du salon, loin des cravates blanches et des robes de soirée. Ils entrèrent dans une pièce plus petite. Ils y étaient seuls et Woodling reprit la parole : « Je veux que tu m'expliques. Raconte-moi tout.

— C'est personnel…

— Tu as besoin de conseils, Edward. Je ne peux pas te venir en aide si tu ne me dis rien. »

Le pianiste baissa les yeux sur sa cigarette fumante. Il sentit la chaleur près de ses doigts. Il se dirigea vers une table, écrasa le mégot dans un cendrier, se retourna et fit face à l'agent. « Elle ne m'aime plus.

— Non, vraiment…

— Tu ne me crois pas ? Je n'y ai pas cru, moi non plus.

— Edward, c'est impossible.

— Oui, je sais. C'est ce que je me répète depuis des mois. » Alors il ferma les paupières, et laissa échapper d'une voix rocailleuse : « Des mois, qu'est-ce que je raconte ? Ça fait plus d'un an…

— Assieds-toi. »

Il s'écroula sur une chaise. Il regarda par terre : « Ça a commencé lentement. Au début, c'était à peine perceptible, comme si elle essayait de me le cacher. Comme si… elle luttait contre quelque chose. Puis, petit à petit, c'est devenu plus manifeste. Par exemple, elle a commencé à se lever tout à coup en pleine discussion pour quitter la pièce. C'en est arrivé au point où, lorsque j'essayais d'aller la retrouver, elle s'était enfermée. Je l'appelais et elle ne répondait pas. Et maintenant... c'est fini, tout simplement.

— Elle t'a dit quelque chose ?

— Pas aussi clairement.

— Alors peut-être qu'elle est...

— ... malade ? Non, ce n'est pas ça. Enfin, ce n'est pas une maladie que les médecins peuvent soigner. Si tu vois ce que je veux dire.

— Je vois bien, mais je n'arrive toujours pas à y croire...

— Elle ne veut plus de moi, Arthur. Elle ne m'aime plus et c'est tout. »

Woodling s'approcha de la porte.

« Où vas-tu ? demanda le pianiste.

— Je vais te chercher un verre.

— Je n'en veux pas.

— Je t'en rapporte un quand même, dit Woodling. Un double, même. »

L'agent sortit. Le pianiste était assis, penché en avant, le visage entre les mains. Il resta ainsi quelques instants. Puis il se redressa brusquement et se leva. Il respirait fort.

Il quitta la pièce et traversa le couloir en direction de l'escalier. Sa suite se trouvait au sixième étage. Il grimpa les trois étages avec une telle rapidité qu'il entra essoufflé dans le séjour.

Il appela Teresa. Elle ne répondit pas. Il traversa le petit salon jusqu'à la porte de la chambre. Il tenta de l'ouvrir, elle n'était pas fermée à clé.

Teresa était assise sur le bord du lit, vêtue d'un peignoir. Sur ses genoux se trouvait un magazine ouvert, mais elle ne le regardait pas. Elle fixait le mur.

« Teresa... »

Elle ne bougea pas.

Il se rapprocha d'elle et dit : « Habille-toi.

— Pourquoi ?

— La soirée, lui expliqua-t-il. Je veux que tu viennes avec moi là-bas. »

Elle secoua la tête.

« Teresa, écoute...

— Va-t'en, s'il te plaît. » Elle regardait toujours le mur. Elle leva la main et fit un geste en direction de la porte. « Va-t'en...

— Non, répliqua-t-il. Pas ce soir. »

Elle le regarda. « Quoi ? » Ses yeux étaient éteints. « Qu'est-ce que tu as dit ?

— J'ai dit non, pas ce soir. Ce soir, nous allons en parler. Nous allons essayer de comprendre ce qui se passe.

— Y a rien...

— Arrête », la coupa-t-il. Il s'approcha d'elle. « J'en ai assez. Tu pourrais au moins me dire...

— Pourquoi tu cries ? Tu ne me cries jamais dessus. Pourquoi tu cries ?

— Excuse-moi, chuchota-t-il d'une voix grave. Je ne voulais pas...

— Ça va. » Elle lui sourit. « Tu as le droit de crier. Tu en as tout à fait le droit.

— Ne dis pas ça. » Il se détourna, la tête baissée.

Il l'entendit commencer à s'expliquer : « Je te rends malheureux, non ? C'est pas bien. J'essaie pourtant de ne pas le faire, mais quand on se retrouve dans les ténèbres, les choses deviennent de plus en plus noires...

— C'est-à-dire ? » Il se retourna avec raideur, l'observant avec attention. « Qu'est-ce que tu entends par là ?

— Ce que je veux dire, c'est… » Elle secoua la tête, se remit à contempler le mur. « Tout le temps, les ténèbres. Les choses deviennent de plus en plus sombres. C'est impossible de savoir où aller, quoi faire. »

Elle essaie de me dire quelque chose, pensa-t-il. Elle se donne du mal, mais elle n'y arrive pas. Qu'est-ce qui l'en empêche ?

« Je crois qu'il n'y a qu'une chose à faire. Une seule », déclara Teresa.

Il sentit le froid s'abattre sur la pièce.

« Je te dis au revoir. Je m'en vais…

— Teresa, s'il te plaît… »

Elle se leva et se dirigea vers le mur. Puis elle se retourna pour lui faire face. Elle était calme. D'un calme terrible. D'une voix blanche et rauque, elle chuchota : « D'accord, je vais tout te raconter…

— Attends. » Il avait peur à présent.

« C'est mieux si tu sais tout, dit-elle. C'est mieux d'expliquer. De se confesser.

— Se confesser ?

— J'ai fait quelque chose de mal… »

Il grimaça comme s'il avait reçu un coup.

« De très mal. Une très grande erreur. » Puis une petite lueur illumina les yeux de Teresa. « Mais tu es un pianiste célèbre maintenant, et je suis très contente. »

C'est impossible, pensa-t-il. Qu'est-ce qui se passe ? Non, c'est impossible.

« C'est pour ça que je ne regrette pas ce que j'ai fait,

poursuivit-elle. Tu as eu l'occasion que tu attendais. Il n'y avait pas d'autre moyen pour que tu joues au Carnegie Hall. »

On entendit un bruit de sifflement. C'était la respiration d'Edward.

« Woodling », dit-elle.

Il ferma les yeux.

« Ça s'est passé la semaine où tu as signé son contrat. Quelques jours plus tard. Il est venu au café. Mais pas pour boire. Ni pour manger. »

Un autre sifflement retentit. Plus sonore encore.

« Pour me proposer un marché », enchaîna-t-elle.

Il faut que je m'en aille, pensa-t-il. Je ne peux pas entendre ça.

« Au début, quand il m'a fait sa proposition, je n'ai pas saisi, ce n'était pas clair pour moi. Je lui ai demandé de quoi il parlait, alors il m'a regardée comme pour me dire : "Tu ne vois pas ? Réfléchis un peu et tu vas comprendre." Alors j'ai réfléchi. Et, cette nuit-là, je n'ai pas dormi. Le lendemain, il était de nouveau là. Tu vois comment procède une araignée ? Il fonctionne pareil, lentement et prudemment… »

Edward n'arrivait pas à soutenir son regard.

« … et il m'a attirée dans sa toile, m'a éloignée de mon être. Comme si l'esprit et le corps devenaient deux choses distinctes. Ce n'était pas Teresa avec lui. Il n'a eu que le corps de Teresa. Comme si je n'étais pas vraiment là. J'étais avec toi, je t'emmenais au Carnegie Hall. »

À présent, ce n'était plus qu'un disque qui tournait, la voix du narrateur donnant des détails supplémentaires.

«… les après-midi. Pendant mon temps libre. Il avait loué une chambre près du café. Pendant des semaines, l'après-midi, dans cette pièce. Et puis un soir, tu m'as annoncé la nouvelle : tu avais signé un contrat pour jouer au Carnegie Hall. Lorsqu'il est revenu au café, c'était un client comme les autres. Je lui ai tendu le menu et il a passé commande. Et je me suis dit : C'est fini, je suis à nouveau moi. Oui, maintenant je peux être moi.

» Mais tu sais, il y a quelque chose de curieux… Nos actions passées restent toujours en nous. Aux yeux des autres, je dois essayer de le cacher. Mais avec moi, ça ne sert à rien d'essayer, c'est une sorte de miroir, toujours là. Alors je regarde, et qu'est-ce que je vois ? Est-ce que je vois Teresa ? Ta Teresa ?

» Il n'y a pas de Teresa dans le miroir. Il n'y a plus de Teresa nulle part. Ce n'est qu'un chiffon usé, quelque chose de sale. C'est pour ça que je ne te laisse plus me toucher. Ni même m'approcher. Je ne peux pas te laisser approcher de cette saleté. »

Il essaya de la regarder. Il se dit : Oui, regarde-la. Et rejoins-la. Incline-toi, ou agenouille-toi. C'est ce qu'il faut faire, aucun doute là-dessus. Mais…

Ses yeux se dirigèrent vers la porte, et au-delà ; il avait le cerveau en ébullition. Il serra les dents et ses mains devinrent des marteaux de pierre. Toutes les fibres de son corps étaient tendues, prêtes à s'élancer hors de la pièce pour descendre l'escalier qui menait à la suite du troisième étage.

Puis, l'espace d'un court instant, il chercha à se reprendre, à ne pas faire de vagues. Il pensa : Réfléchis bien. Si tu franchis cette porte, elle te verra partir et sera livrée à elle-même. Tu ne dois pas la laisser seule.

L'argument ne le convainquit pas. Rien ne pouvait le retenir. Il avança doucement jusqu'à la porte.

« Edward… »

Mais il n'entendit pas. Il ne distingua qu'un faible grognement sortant de sa propre bouche alors qu'il ouvrait la porte et sortait de la chambre.

Puis il traversa le séjour, le bras tendu, les doigts griffant la porte menant au couloir de l'étage. Au moment où sa main se posa sur la poignée, il perçut un bruit en provenance de la chambre.

C'était un bruit mécanique. Le cliquetis des chaînes métalliques sur les côtés de la fenêtre à guillotine.

Il fit volte-face et traversa le salon en courant jusqu'à la chambre. Teresa était en train de sauter. Il bondit, les bras tendus en avant, mais il n'y avait plus rien à saisir. Il n'y avait que l'air froid qui entrait par la fenêtre grande ouverte.

9

Sur Front Street, alors qu'il se tenait sur le trottoir près de la façade rouge et or du magasin à prix unique, les clients du samedi passaient devant lui. Certains le heurtaient d'un coup d'épaule. D'autres le poussaient sur le côté. Il ne réagissait pas. Il n'était pas vraiment là. Il était très loin.

Il était aux obsèques de Teresa, sept ans plus tôt; puis dans les rues de New York. À cette époque, il parcourait la ville sans but, ne se préoccupant ni des feux de circulation ni de la météo. L'heure, le jour de la semaine… tout cela lui passait au-dessus de la tête. Car tout cela n'avait plus aucun sens.

Il avait retiré toutes ses économies de la banque. Sa fortune s'élevait à environ neuf mille dollars. Il réussit à les perdre. C'était son souhait. La nuit où il perdit tout son argent, non seulement il se fit détrousser, mais il prit également une dérouillée. Là encore, c'était ce qu'il espérait. Lorsqu'il s'écroula sur le trottoir, du sang lui coulant du nez, de la bouche et d'une entaille au crâne, il fut satisfait. En fait, cela lui procura même du plaisir.

Cela se passa très tard dans la nuit, dans le quartier de Hell's Kitchen. Trois types lui sautèrent dessus. L'un d'eux était armé d'un tuyau de plomb. Les deux autres avaient des poings américains. L'homme au tuyau de plomb l'attaqua en premier. Il le frappa sur le côté de la tête et Edward tituba un moment, avant de s'asseoir lentement sur le trottoir. Les deux autres se mirent alors à le rosser à coups de poing américain. À ce moment-là, il se produisit quelque chose. Les types ne comprirent pas bien ce que c'était, mais on aurait dit que les pales d'une hélice les attaquaient en battant l'air. Celui qui avait le tuyau de plomb s'était rapidement éclipsé, et les autres se demandèrent pourquoi il n'était pas resté leur prêter main-forte. Ils avaient vraiment besoin d'aide. L'un d'eux s'effondra, quatre dents giclant de sa bouche. L'autre sanglotait : « Arrête, s'il te plaît... arrête », et le fou déchaîné souriait en murmurant : « Bats-toi. Allez, bats-toi, gâche pas le plaisir. » Le voyou sut alors qu'il n'avait pas trop le choix et fit de son mieux en usant de son poing américain et de sa masse corporelle. Il avait un poids considérable. De plus, il maîtrisait bien tous les coups déloyaux. Il se servit de son genou, de ses pouces et il essaya même de mordre son adversaire. Mais il n'était pas assez rapide. Il se retrouva avec les deux yeux tuméfiés, le nez fracturé et une commotion cérébrale. Alors qu'il gisait sur le trottoir, allongé sur le dos et inconscient, le fou déchaîné murmura : « Merci pour la sauterie. »

Quelques soirs plus tard, il y eut une autre petite sauterie. Elle se déroula à Central Park lorsque deux policiers tombèrent sur le fou déchaîné endormi sous un buisson. Ils le réveillèrent. Il leur intima de s'en aller et de le laisser tranquille. Ils le mirent debout et lui demandèrent s'il avait un logement. Il ne répondit pas. Ils commencèrent à le bombarder de questions. Il les pria une nouvelle fois de le laisser tranquille. L'un des deux policiers s'emporta et le bouscula, tandis que l'autre agent le saisit par le bras. Le fou déchaîné implora : « Lâchez-moi, s'il vous plaît, lâchez-moi. » Les deux policiers l'empoignèrent alors solidement et le tirèrent derrière eux. C'étaient des hommes de grande taille et Edward dut lever les yeux pour leur dire en face : « Pourquoi vous ne me laissez pas tranquille ? » Ils lui ordonnèrent de se taire. Il essaya de se dégager et l'un d'eux lui administra un coup de matraque à la jambe. « Vous m'avez frappé ! » s'indigna-t-il. Le policier aboya en retour : « Bien sûr que je t'ai frappé. Et si t'en reveux, y a qu'à demander. » Edward secoua lentement la tête : « Dans tes rêves. » Quelques minutes plus tard, le fou avait disparu. L'un des agents était adossé à un arbre et respirait avec difficulté. L'autre, assis dans l'herbe, gémissait.

Puis, moins d'une semaine plus tard dans la Bowery, un gros bras connu dans le quartier déclara, les lèvres gonflées et sanguinolentes : « C'est comme si j'avais fourré ma gueule dans une bétonnière. »

Quelqu'un dans la foule demanda : « Tu vas prendre ta revanche ?

— Bien sûr. Par contre, il va me falloir un truc.

— Quoi ?

— Un fusil-mitrailleur, annonça le malfrat qui, assis sur le trottoir, crachait du sang. Achetez-moi un de ces fusils et faites en sorte qu'il s'approche pas de moi. »

Edward était toujours en mouvement, vadrouillant de la

Bowery au Lower East Side, de Yorkville au Spanish Harlem, errant même jusqu'à Brooklyn, où il fréquentait les coins les plus louches de Greenpoint et Brownsville – tous les endroits où un homme qui cherchait des ennuis était certain d'en trouver.

En repensant à présent au fou déchaîné qu'il était sept ans plus tôt, il se dit : Dans le fond, t'étais cinglé, complètement cinglé. À faire peur. Tes doigts, qui refusaient de toucher un piano ou même de s'en approcher, étaient des griffes qui ne cherchaient qu'une chose : trouver la gorge de ton très cher ami et conseiller, cet homme si gentil et si généreux qui t'avait fait entrer au Carnegie Hall.

Bien sûr, il valait mieux éviter de lui mettre la main dessus, car si tu l'avais aperçu, t'aurais voulu l'occire aussi sec. Mais ta sauvagerie avait besoin d'un exutoire. Je profite donc de ce moment pour remercier tous les voyous, les brutes, les gros bras et les durs à cuire qui m'ont aimablement rendu service en me servant de punching-balls.

Et comment tu faisais pour le fric ? Tu devais quand même avoir besoin de fric. Il fallait bien que t'avales quelque chose de temps en temps. Voyons voir, je me souviens de certains boulots comme plongeur, laveur de bagnoles et distributeur de prospectus. Parfois, t'avais plus de taf, alors il te restait plus qu'à tendre la main et attendre que les pièces tombent. Il te suffisait de quelques cents pour obtenir un bol de soupe et un matelas dans un asile de nuit. Parfois tu t'achetais un rouleau de gaze pour panser tes plaies. Il y avait des soirs où tu perdais beaucoup de sang, en particulier ceux où tu tombais sur aussi fort que toi.

Oui, mon ami, t'étais en pleine forme à l'époque. J'ai

dans l'idée que t'étais même à deux doigts de trouver une place bien au chaud derrière les barreaux. Mais ça pouvait pas continuer comme ça. Il fallait bien que ça s'arrête à un moment ou un autre. Qu'est-ce qui a mis un terme à cet épisode ?

Bien sûr, c'est la virée qui t'a fait traverser le pont menant dans le New Jersey, une agréable petite promenade d'environ deux cents bornes. Si je me souviens bien, il t'a fallu près d'une semaine pour arriver jusqu'à la maison cachée dans les bois.

Thanksgiving approchait à grands pas. Tu retournais à la maison pour passer les fêtes avec ta famille. Ils étaient tous là. Clifton et Turley étaient aussi rentrés pour les vacances. Du moins, c'est comme ça qu'ils ont justifié leur présence. Mais après quelques verres, ils ont fini par te dévoiler la véritable raison de leur retour. Ils t'ont expliqué qu'à la suite de quelques soucis, ils étaient recherchés par la police. Ils s'étaient donc carapatés ici, vu que cette baraque perdue au milieu des bois est quasiment introuvable, aucun panneau n'indiquant l'endroit.

Turley avait quitté son boulot sur le front de mer à Philadelphie et s'était associé à Clifton pour faire du trafic de voitures volées, conduisant les autos au-delà des frontières de l'État. Ils avaient été repérés et poursuivis. Ça les avait pas inquiétés outre mesure. Je me souviens de Clifton en train de dire : « Oui, la situation est délicate, d'accord. Mais on va s'en sortir. On s'en sort toujours. » Puis il a ri, Turley l'a imité. Ils ont continué à boire et se sont mis à raconter des blagues salaces…

Sacrées vacances, hein ? Je veux dire, la façon dont ça

s'est terminé, c'était vraiment quelque chose. Je me rappelle que Clifton a parlé de ta situation, de ton statut de veuf. Tu lui as demandé de se taire. Il t'a pas écouté. Il a adressé un clin d'œil à Turley puis il t'a demandé : « C'est comment avec une Portoricaine ? »

T'as souri à Clifton, t'as fait un clin d'œil à Turley, et t'as dit à ton père et à ta mère : « Il va y avoir un peu de remue-ménage ici. Vous feriez mieux d'aller dans la pièce d'à côté… »

Une fois les parents sortis, tu t'es précipité sur Clifton. Vous avez renversé la table et vous avez cassé quelques chaises. Clifton était par terre, crachant du sang, et il a dit : « Qu'est-ce qui se passe ? » Puis il a secoué la tête. Il arrivait pas à y croire. Il a demandé à Turley : « C'est vraiment lui ? »

Turley était incapable de répondre. Il regardait la scène bouche bée.

Clifton s'est relevé, tu l'as renvoyé au sol et il est revenu à la charge. Il allait très bien, il savait encaisser. T'as continué à le frapper, chaque fois qu'il allait au tapis, il se relevait jusqu'au moment où il a décrété : « Je commence à en avoir marre. » Il a regardé Turley et a marmonné : « Débarrasse-moi de lui… »

Je me souviens de Turley, d'abord prêt à en découdre, puis juste après assis sur le sol à côté de Clifton qui riait en lui disant : « Ben te voilà arrivé là, toi aussi ! » Alors Turley a hoché gravement la tête et, une fois debout, il a déclaré : « Tu sais quoi ? Je te parie à cinquante contre un que t'es incapable de refaire ça. »

Alors, il s'est avancé vers toi. Il s'est approché doucement, en esquivant comme un boxeur. T'as décoché un coup de poing mais tu l'as loupé, alors il a répliqué et s'est assuré de remporter son pari. T'es resté dans les vapes pendant une bonne vingtaine de minutes. Plus tard, on s'est retrouvés autour de la table et Clifton a souri en disant : « Pas de doute possible, t'es bon pour le bizness. »

T'as pas trop pigé. T'as demandé : « Le bizness ? Quel bizness ?

— Notre bizness à nous. » Il a pointé un doigt dans sa direction puis a désigné Turley. « Tu vas bosser avec nous.

— Non, a rétorqué Turley. C'est pas pour lui.

— Mais si, c'est pour lui, a décrété Clifton d'un air songeur. Il est vif comme un serpent. Solide comme un roc…

— C'est pas ça, l'a coupé Turley. Le truc, c'est…

— Il est bon pour le service. Prêt à passer à l'action.

— Vraiment ? » La voix de Turley était tendue. « Laisse-le s'exprimer alors. Laisse-le décider. »

À ce moment, le silence s'est installé à la table. Ils t'observaient, dans l'expectative. Tu les as regardés à ton tour, tes frangins – les rois de la cambriole, les as de la gâchette, les champions de l'embrouille.

Et tu t'es mis à cogiter : C'est la solution ? C'est mon destin ? Peut-être que oui. Peut-être que Clifton t'a percé à jour : comme tes mains sont désormais incapables de jouer de la musique, tu pourrais te mettre à gagner de l'argent facile. Avec un flingue. Tu sais qu'ils utilisent des armes. T'es prêt à ça ? T'es assez blindé pour ça ?

Eh bien, en Birmanie, tu t'es pas dégonflé. T'en as fait des choses là-bas.

Mais là, c'est pas la Birmanie. Aujourd'hui, on te propose

de choisir. Entre quoi et quoi ? Être honnête ou malhonnête ? Gentil ou méchant ?

Laisse-moi formuler ça autrement. Qu'est-ce qu'ils y gagnent, les gens honnêtes ? Les gentils ? Enfin, ceux qui jouent franc jeu... Qu'est-ce qu'ils obtiennent au bout du compte ?

Eh bien, mes amis, d'après mon expérience, je dirais que ça va d'un bon coup de pied dans les gencives à une paire de ciseaux plantée profondément dans la poitrine qui te coupe la chair pour t'arracher le cœur. Et là, c'est trop, vraiment trop. Les sentiments disparaissent et le venin entre. Alors tu te mets à crier : D'accord, vous voulez la jouer comme ça, on va se battre à la déloyale.

Mais non, t'as pensé. Tu veux pas de ça. Si tu rejoins l'association Clifton-Turley, ça va être mauvais coup sur mauvais coup, et t'en as assez de ça.

« Eh bien ? a demandé Clifton. Qu'est-ce que t'en penses ? »

T'as secoué la tête. T'en savais rien. Et puis t'as levé les yeux. T'as vu deux autres visages plus âgés. Ta mère haussait les épaules. Ton père arborait un sourire tranquille.

C'était ta réponse.

« Eh bien ? » a répété Clifton.

T'as haussé les épaules. T'as souri.

« Allez, a fait Clifton. Crache le morceau.

— C'est tout vu, a lancé Turley. Regarde un peu sa tronche. »

Clifton m'a examiné. Il a pris son temps. Il a dit : « On dirait... On dirait qu'il est plus là. Comme s'il se foutait de tout.

— Bien vu », a confirmé Turley en souriant.

Bien vu, oui. Car à partir de ce moment-là, t'as coupé tous les ponts, t'as tout envoyé promener. Plus de venin, plus de coups de folie, plus de trace du fou déchaîné dans tes yeux. Le forcené a disparu, anéanti par deux vieilles carcasses qui se rendaient plus compte de rien : la mère avec son regard éteint et ses éternels haussements d'épaules, et le père avec son sourire doucereux et sa descente facile.

Sans te donner la peine d'ouvrir la bouche, tu leur as dit : Merci bien, la famille.

Et plus tard, quand t'es parti, quand t'as marché sur le chemin qui bordait le champ de pastèques, t'as continué à le penser : Merci bien, merci bien.

Le chemin était cahoteux, mais tu sentais pas les bosses. Dans la forêt, la route étroite et sinueuse était parsemée d'ornières profondes, mais tu semblais flotter par-dessus les sillons et les nids-de-poule. Tu te rappelles qu'il faisait froid et humide, et qu'il y avait un vent violent, mais toi, tu sentais qu'une brise légère.

T'as traversé la forêt, puis t'as emprunté une autre route, puis une autre encore, et enfin t'as rejoint la grande autoroute en béton qui t'a conduit jusqu'au village et à la gare routière. Là, il y avait un ivrogne qui parlait fort. Il cherchait la bagarre. Il t'a pris vainement à partie, c'était inutile. T'as haussé les épaules, t'as souri. Tu t'es facilement débarrassé de lui. Bien sûr, c'était très simple : il fallait garder un regard vide, prendre les choses à la légère.

T'es monté dans le premier bus. Il allait à Philadelphie. Je crois que c'est seulement quelques soirs plus tard que tu t'es retrouvé dans ce troquet du centre, l'un de ces établissements où le verre est à quinze cents. T'as été embauché pour faire la plonge en cuisine, nettoyer le sol, etc. Dans un coin se dressait un vieux piano déglingué, que tu lorgnais ; t'avais beau détourner les yeux, ils revenaient sans cesse se poser dessus. Un soir, t'as demandé au barman : « C'est possible de jouer ?

— Toi ?

— Je crois bien en être capable.

— Bon, fais voir. Mais ça a intérêt à sonner. »

Tu t'es assis au piano. T'as regardé le clavier. Et puis, t'as observé tes mains.

« Allez, s'est impatienté le barman. Qu'est-ce que t'attends ? »

T'as levé les mains. Puis tu les as baissées et tes doigts se sont posés sur les touches.

T'as entendu des sons et c'était de la musique.

10

Une voix lança : « T'es encore là ? »

Il leva la tête. Lena s'avançait vers lui à travers la foule des chalands. Elle était sortie du magasin, un petit sac en papier à la main. Il en conclut qu'elle n'avait pas acheté grand-chose.

« T'es restée longtemps là-dedans ? demanda-t-il.

— Quelques minutes à peine.

— C'est tout ?

— Une vendeuse s'est tout de suite occupée de moi. J'ai seulement acheté du dentifrice et une savonnette... et aussi une brosse à dents. »

Il ne dit rien.

Elle reprit : « Je t'ai pas demandé de m'attendre.

— Je t'attendais pas. J'avais nulle part où aller, c'est tout. Je faisais passer le temps.

— En regardant les gens ?

— Non, pas vraiment. »

Elle le tira vers elle pour laisser passer un landau. « Viens. On bloque le passage. »

Ils suivirent le mouvement de la foule. Le ciel gris

s'assombrissait de plus en plus. Il était encore tôt dans l'après-midi, quatorze heures et des poussières, mais la journée semblait beaucoup plus avancée. Les gens jetaient un coup d'œil aux nuages et marchaient plus vite, pressés de rentrer chez eux avant que la tempête n'éclate. La menace était imminente.

Elle lui conseilla de fermer son pardessus.

« J'ai pas froid.

— Moi, je suis gelée. C'est encore loin ?

— Port Richmond ? C'est à quelques kilomètres.

— Parfait.

— On pourrait prendre un taxi, sauf que j'ai pas un rond.

— Moi non plus, dit-elle. J'ai emprunté cinquante cents à ma logeuse et j'ai tout dépensé.

— Eh bien, il fait pas froid au point de pas pouvoir y aller à pied.

— Tu rigoles ! Je sens plus mes orteils.

— On va marcher plus vite, ça te réchauffera. »

Ils accélérèrent le pas. Ils avançaient la tête baissée pour se protéger des rafales. Ça soufflait fort et ça s'entendait. Le vent soulevait la neige des rues et des trottoirs, et faisait tournoyer des bourrasques pailletées de blanc. Puis de gros flocons se mirent à tomber. Le ciel était chargé de neige et il faisait de plus en plus froid.

« Belle journée pour un pique-nique », ironisa-t-elle. C'est alors qu'elle glissa sur une plaque de verglas et faillit tomber à la renverse. Il la rattrapa, puis il glissa à son tour et ils manquèrent de s'étaler tous les deux, mais elle retrouva l'équilibre et ils évitèrent ainsi la chute. Un commerçant qui se tenait à l'entrée de sa mercerie leur lança : « Faites attention où vous mettez les pieds. Ça glisse. » Elle dévisagea l'homme et répliqua : « Oui, on sait. Si vous aviez déblayé le trottoir, ce serait moins dangereux. » Le propriétaire du magasin sourit : « Si vous tombez, vous aurez qu'à me coller un procès. »

L'homme retourna dans sa boutique. Ils restèrent plantés sur le trottoir glissant, à se tenir l'un l'autre. Bon voilà, pensa-t-il, tu l'as retenue. Je crois que l'accident est évité, tu peux la lâcher maintenant.

Allez, bon sang, vas-y. Voilà que ça recommence, ce cinéma ! Il faut que t'arrêtes, un point c'est tout. Faut pas que tu te laisses troubler comme ça. C'est vraiment en train de te secouer et elle s'en rend compte. Bien sûr qu'elle s'en rend compte. Elle te regarde et elle…

Hé, qu'est-ce qu'ils ont, tes bras ? Pourquoi t'arrives pas à la lâcher ?

Je crois qu'il va te falloir un peu de recul. Ou que tu prennes les choses plus à la légère. Bien sûr, c'est la seule solution. En tout cas, c'est le seul truc qui fonctionne pour toi. C'est le pilote automatique qui te permet de rester bien tranquille dans ta bulle, là où y a que toi et ton clavier, et rien d'autre. Parce qu'il faut que ce soit comme ça. Tu dois rester à l'écart de tout ce qui est sérieux.

Tu sais quoi ? Ton truc, il marche plus. J'ai bien l'impression qu'Eddie est en train de céder la place à Edward Webster Lynn. Non, c'est impossible. On va pas se laisser faire. Oh, bordel, pourquoi il a fallu qu'elle mentionne ce nom ? Pourquoi elle a tout fait remonter à la surface ? Tu l'avais enterré et tu traçais ta route : tu t'éclatais sans te soucier de rien. Et revoilà cette histoire. Il a suffi d'une étincelle pour déclencher un incendie. Un quoi ? Tu m'as entendu, j'ai dit que c'était un incendie. Et écoute un peu ça : il brûle tellement fort que c'est impossible de l'éteindre.

Ah bon, vraiment ? Tiens-t'en aux faits, mec, tiens-t'en aux faits. Moi, c'est Eddie. Et Eddie, le feu, il le sent pas. Parce que Eddie, il ressent rien.

Ses bras se détachèrent d'elle. Le regard vide, il lui adressa un sourire lointain. Puis il dit : « Allons-y. On a du chemin à faire. »

Elle le dévisagea et inspira longuement avant de lui répondre : « Sans blague ! »

Environ trois quarts d'heure plus tard, ils arrivaient au Harriet's Hut. L'endroit était plein à craquer. Il y avait toujours beaucoup de monde le samedi après-midi, mais quand le temps était maussade, la clientèle doublait. Le Hut devenait une forteresse et un refuge contre les tourbillons de neige et le vent glacial. C'était aussi une station-service : le barman courait dans tous les sens, faisant de son mieux pour répondre à la demande d'antigel.

Harriet se tenait derrière le comptoir, à la caisse. Elle aperçut la serveuse et le pianiste, et leur aboya dessus : « Vous étiez où ? Vous vous croyez en vacances ou quoi ?

— Bien sûr qu'on est en vacances, répliqua la serveuse. On commence qu'à vingt et une heures. C'est ce qui est prévu.

— Pas aujourd'hui, s'indigna Harriet. Pas avec une foule pareille. T'aurais dû te douter que j'avais besoin de toi. Et toi, dit-elle en regardant Eddie, tu devrais savoir comment ça marche de ce temps-là. Ils arrivent de partout, la salle se remplit très vite, et ils veulent de la musique. »

Eddie haussa les épaules. « Je me suis levé tard.

— Ouais, il s'est levé tard », confirma Lena. Elle parlait en détachant ses mots, avec une certaine détermination. « On a fait un tour en bagnole. Et après, on s'est promenés. »

Harriet fronça les sourcils. « Ensemble ?

— Ouais, répéta Lena, ensemble. »

La propriétaire du Hut regarda le pianiste. « Qu'est-ce que ça veut dire ? »

Il ne répondit pas. La serveuse poursuivit : « Qu'est-ce que tu veux, qu'il te fasse un rapport complet ?

— S'il en a envie, répondit Harriet, dévisageant le pianiste d'un air perplexe. Je suis simplement curieuse. D'habitude, il se promène seul.

— Ouais, c'est un solitaire, c'est clair, grommela la serveuse. Même accompagné, il reste seul. »

Harriet se gratta la nuque. « Dis-moi, qu'est-ce qui se passe ? C'est quoi cette histoire à dormir debout ?

— La réponse se trouve page trois, répliqua la serveuse. Mais le hic, c'est que le journal n'en a que deux.

— Merci bien, répondit Harriet. J'y vois beaucoup plus clair. » Puis elle se mit à crier tout à coup : « T'as pas bientôt fini de jouer aux devinettes ? J'ai pas besoin de ça aujourd'hui. Enfile ton tablier et mets-toi au boulot.

— Quand tu nous auras payés.

— Nous ? » Harriet lui lança un regard noir.

« Donne-moi ce que tu me dois, en tout cas. Je veux

mon salaire de la semaine et trois dollars d'avance pour les heures supplémentaires d'aujourd'hui.

— T'es bien pressée.

— Nan, pas du tout. » Lena pointa du doigt la caisse enregistreuse. « Allez, tu sors tranquillement le fric et tu me files ce que tu me dois.

— Plus tard, répondit la grosse blonde. Je suis débordée, là.

— Pas à ce point, t'as le temps de me régler. Et, tant que t'y es, tu vas aussi t'occuper de lui. Tu veux qu'il joue de la musique, tu le paies. »

Eddie haussa les épaules. « Je peux attendre…

— Tu restes là et tu prends ton pognon », le coupa Lena. Puis, s'adressant à Harriet : « Allez, sors les biftons. »

Pendant un long moment, Harriet ne bougea pas. Elle étudia le visage de la serveuse et, après avoir fait un geste de la main, comme pour jeter quelque chose par-dessus son épaule, elle reporta son attention sur la caisse enregistreuse.

Tout va bien maintenant, songea Eddie. Ç'a été serré pendant une minute, mais je crois que maintenant c'est bon. Il jeta un coup d'œil au visage impassible de la serveuse. Si seulement elle pouvait laisser tomber, pensa-t-il. Ça sert à rien de braquer Harriet. C'est comme jouer avec de la dynamite. C'est peut-être ce que veut Lena, après tout. Ouais, je crois qu'elle a les nerfs en pelote et qu'elle a envie que ça pète d'une manière ou d'une autre.

Harriet était en train de prendre de l'argent dans la caisse enregistreuse, comptant les billets alors qu'elle les fourrait dans la paume de Lena. Une fois la serveuse payée, elle se tourna vers le pianiste et déposa l'argent sur le comptoir devant lui. Tout en plaçant des coupures de un dollar sur celles de cinq, elle marmonnait : « Comme si ça suffisait pas de se faire malmener par les clients… maintenant c'est mes employés qui s'y mettent. Voilà que tout à coup, ils ont formé un syndicat.

— Ouais, c'est dans l'air du temps, fit remarquer la serveuse.

— Ah bon ? s'étonna Harriet. En tout cas, j'aime pas ça.

— Eh bien, faudra faire avec, ma vieille », lança Lena.

La grosse blonde cessa de compter l'argent. Elle cligna plusieurs fois des yeux. Puis elle se redressa lentement, son immense poitrine se soulevait tandis qu'elle inspirait une grande bouffée d'air. « Non mais… Répète un peu pour voir !

— Tu m'as très bien entendue. »

Harriet posa les mains sur ses énormes hanches. « Moi je crois que j'ai pas bien entendu. Parce qu'on me parle pas comme ça. Les gens le savent bien. Je vais te dire une chose, ma fille. Celui qui me parle sur ce ton-là, il va au-devant de sérieux ennuis.

— Tu m'en diras tant, grommela Lena.

— Parfaitement, enchaîna Harriet. Et t'as de la chance. Je te laisse t'en tirer à bon compte. La prochaine fois, je te ferai pas de cadeau. Recommence et je te fous une raclée.

— C'est une menace ?

— Carrément.

— Merci. Maintenant, c'est moi qui vais te dire un truc. Je me suis déjà pris des peignées. Mais je me suis toujours relevée.

— Mais c'est pas vrai ! » Harriet s'exprimait à voix haute

mais ne s'adressait qu'à elle-même. « Qu'est-ce qui lui prend à celle-là ? On dirait qu'elle cherche les ennuis. Qu'elle aime ça, même. »

Lena se tenait debout, les bras ballants. Elle souriait.

Harriet avait l'air pensif. Elle s'adressa gentiment à la serveuse. « Qu'est-ce qu'il y a, Lena ? Qu'est-ce qui te tracasse ? »

Celle-ci resta muette.

« OK, je laisse tomber », souffla la propriétaire du Hut.

Lena affichait toujours un petit sourire en coin. « T'es pas obligée, hein.

— Je sais bien. Mais c'est mieux comme ça. Tu crois pas ? »

Le mince sourire de la serveuse ne s'adressait à personne en particulier. Elle déclara : « Comme tu voudras. Mais pas la peine de me faire une fleur. J'en ai pas besoin. »

Harriet fronça les sourcils, pencha la tête, puis demanda : « T'es sûre de bien savoir ce que tu dis ? »

Lena ne décrocha pas un mot.

« Tu sais quoi ? grommela Harriet. Je pense que tu te trompes de personne. »

Le sourire de Lena disparut. Elle baissa les yeux. D'un mouvement de la tête, elle approuva les propos de la patronne, puis les réfuta pour finalement les valider.

« C'est ça, hein ? » insista gentiment Harriet.

Lena opina encore. Elle leva les yeux vers la grosse blonde. Elle finit par dire : « Oui, je suppose. » Et d'ajouter d'une voix blanche : « Je suis désolée, Harriet. Il y a quelque chose qui me tracasse... Je voulais pas m'en prendre à toi.

— Qu'est-ce que c'est ? » demanda Harriet.

La serveuse ne répondit pas. La patronne interrogea Eddie du regard. Le pianiste haussa les épaules et resta silencieux. « Allez, raconte, le poussa Harriet. Qu'est-ce qu'elle a ? » Il haussa à nouveau les épaules sans dire un mot. La grosse blonde soupira : « D'accord, j'insiste pas » et se remit à compter l'argent. Quand les billets furent alignés sur le comptoir, le pianiste ramassa la fine liasse, la plia et la glissa dans la poche de son pardessus. Il s'éloigna du bar, fit quelques pas et entendit Lena dire : « Attends, j'ai quelque chose pour toi. »

Il revint vers elle et elle lui tendit deux pièces de vingt-cinq cents, deux de dix et une de cinq. « Pour hier soir, expliqua-t-elle sans le regarder. Maintenant on est quittes. »

Il observa les pièces dans sa main. On est quittes, pensa-t-il. Les compteurs sont à zéro. On s'arrête là. C'est bien ce que tu voulais, non ? Alors c'est parfait.

Mais au même instant il la sentit se raidir à la vue de quelque chose. Il jeta un coup d'œil dans la même direction et aperçut Wally Plyne qui s'approchait du comptoir.

Le videur à la grosse bedaine affichait un rictus en venant à leur rencontre. Ses grosses épaules voûtées, il avançait en se dandinant à la manière d'un catcheur. Son sourire s'élargit. Il en fait des caisses, pensa Eddie, et maintenant on va avoir droit à des salutations amicales et mielleuses.

Alors Eddie sentit la grosse main de Plyne sur son bras et entendit la voix bourrue du videur : « Le voilà, le roi du piano. Mon pote Eddie.

— Ouais, cracha la serveuse. Ton pote Eddie. »

Plyne ne sembla pas l'avoir entendue. Il déclara à

l'attention du pianiste : « Je te cherchais. Où est-ce que tu te cachais ?

— Il se cachait pas », le corrigea la serveuse.

Le videur tenta d'ignorer la remarque. Il continuait à sourire à Eddie.

La serveuse poussa le bouchon plus loin. « Comment il aurait pu se cacher ? Il avait aucune chance. Ils connaissaient son adresse. »

Plyne cligna des yeux. Son sourire s'évanouit.

Il y eut un moment de silence, puis Harriet relança la conversation : « J'aimerais bien qu'on m'explique. » Elle se pencha au-dessus du bar. « Qu'est-ce qui se passe ici ?

— Un sale micmac », lui répondit la serveuse. Elle désigna le videur. « Demande à ton homme. Il est au courant de tout. Il a bien foutu la merde. »

Harriet regarda Plyne de travers. « Crache le morceau, ordonna-t-elle.

— Quel morceau ? fit-il en reculant. Elle raconte n'importe quoi. Elle délire, ma parole. »

Lena se tourna vers Harriet. « Écoute, t'as peut-être pas envie d'entendre ça… »

La grosse blonde prit une grande goulée d'air. Elle avait toujours les yeux rivés sur Plyne.

« J'espère que tu pourras supporter ce que je vais te dire, annonça la serveuse. C'est quand même le type avec qui tu vis.

— Plus depuis un moment. » La voix de Harriet était chargée d'émotion. « Je suis plus ou moins célibataire ces derniers temps. »

Alors que Lena s'apprêtait à parler, Plyne lâcha, les dents serrées : « Boucle-la...

— C'est toi qui vas la boucler », s'échauffa Harriet. Puis s'adressant à la serveuse : « Allez, raconte-moi tout.

— On nous a vendus, déclara-t-elle. Je le sais de source sûre : des types qui ont acheté l'information en personne. Ils m'ont dit qu'ils étaient venus ici ce matin. Ils se sont payé une ou deux tournées et, pour quelques dollars de plus, ils ont obtenu ce qu'ils voulaient. »

Eddie commença à s'éloigner. La serveuse tendit le bras pour le retenir. Il haussa les épaules et sourit. Ses yeux disaient au videur : Moi, ça me dérange pas, alors pas la peine de te formaliser.

Lena enchaîna : « Ils étaient deux. Deux drôles d'oiseaux... mais pas vraiment du genre comique. Plutôt dangereux en fait, des types qui hésiteraient pas à devenir violents. Ou à faire carrément disparaître quelqu'un. Tu vois ce que je veux dire ? »

Harriet acquiesça, maussade.

« Ils cherchaient Eddie », poursuivit la serveuse.

Harriet fronça les sourcils : « Pourquoi ?

— Aucune importance. Le truc, c'est qu'ils avaient une bagnole. Et un flingue. Ils voulaient des informations. Ils cherchaient une adresse. »

Harriet avait cessé de froncer les sourcils. Elle regarda Plyne avec stupéfaction. « Tu leur as quand même pas donné...

— Il s'est pas gêné, tu parles ! » cracha Lena.

Harriet fit une grimace.

« Et ils l'ont grassement payé pour son service, ajouta la serveuse. Ils lui ont filé cinquante dollars.

— Non. » C'était un gémissement. La bouche de Harriet se tordit. Elle tourna la tête pour ne pas avoir à regarder le videur.

« Je veux plus travailler ici, fit Lena. Je vais rester encore quelques jours, le temps que tu me trouves une remplaçante.

— Attends un peu, intervint le videur. C'est pas si terrible que ça.

— Ah bon ? » Lena lui fit face. « Je vais te dire à quel point c'est dégueulasse. T'as déjà amorcé un hameçon pour prendre des poissons-chats ? Comme ils sont attirés par la puanteur, ce qu'il faut faire, c'est mettre des vers dans une boîte et la laisser au soleil pendant une semaine ou deux. Ensuite, tu ouvres le machin et tu sens… Voilà comme ça pue, ce que t'as fait. »

Plyne déglutit avec difficulté. « Tu sais pas tout… »

Et la serveuse répliqua : « Et maintenant, il va nous faire pleurer.

— Tu vas m'écouter un peu ? gémit Plyne. Je te dis qu'ils m'ont piégé. Je savais pas ce qu'ils cherchaient. J'ai cru qu'ils…

— Ouais, on sait, grommela Lena. T'as cru que c'était deux agents du recensement. »

Le videur se tourna vers Eddie. Ses bras se levèrent dans un geste de supplication. « Tu sais bien que je suis ton pote, hein ?

— Évidemment, fit Eddie.

— Que je te ferais jamais de mal…

— Bien sûr que non.

— Vous entendez ça ? » Le videur s'adressa aux deux femmes en haussant le ton. « Vous l'avez entendu, notre pianiste ? Il sait que je suis de son côté.

— Je crois que je vais vomir », lança Harriet.

Mais le videur continua sur sa lancée : « Je vous dis qu'ils m'ont piégé. Si j'avais su qu'ils en avaient après Eddie, je les aurais... Bordel de merde, je les aurais démolis. S'ils ramènent leurs tronches ici, je les fais passer l'un après l'autre à travers la vitrine. »

Un client tout proche bredouilla : « Tu vas leur montrer, l'Ours. »

Un autre soiffard d'ajouter : « L'Ours a qu'une seule parole !

— Et comment, rugit Plyne. Je suis pas du genre à chercher les emmerdes, mais si c'est ce qu'ils veulent, ils vont me trouver. » Puis, s'adressant à Eddie : « T'inquiète pas, je vais m'en occuper, de ces gangsters de pacotille. C'est des minus. Et moi, je suis balaise.

— Balaise comment ? » demanda la serveuse.

Plyne lui sourit. « Regarde un peu. »

Elle l'examina de haut en bas. « Ouais, d'accord, maugréa-t-elle. T'es vraiment énorme. »

Le videur se sentait beaucoup mieux à présent. Son sourire s'agrandit. « Énorme, c'est ça, reprit-il. Et c'est rien que du solide. Du cent pour cent mâle.

— Mâle ? » Elle étira le mot, la bouche déformée. « Moi, tout ce que je vois c'est un gros tas. »

Au comptoir, les clients avaient cessé de boire. Ils regardaient Lena, stupéfaits.

« Un gros tas », renchérit-elle. Elle mettait le videur au défi.

« Avec une grande gueule. »

Plyne poussa un nouveau grognement. Il marmonna : « J'aime pas ça. Je vais pas supporter ces…

— Oh que si. Et tu vas m'écouter. »

Il l'écoute, c'est vrai, pensa Eddie. Et il se fait du mal. Regarde-le, mate un peu ses yeux. Elle lui dit ses quatre vérités et il l'aime tellement qu'il en perd tous ses moyens, il en devient presque fou. Il peut rien faire, à part encaisser. Rester là et encaisser. Oui, il s'en prend vraiment plein la gueule. D'ailleurs, j'ai jamais vu personne se faire autant malmener.

Les clients au comptoir se rapprochaient. Ceux installés aux tables s'avançaient pour ne pas perdre une miette du spectacle. On n'entendait que la voix de la serveuse dans le bar. Elle parlait calmement, sur un ton ferme, et ses mots étaient comme des lames s'enfonçant dans le corps du videur.

Elle est en train de le démolir, pensa Eddie. Réflexion faite, on assiste carrément à une amputation. Et je parle pas d'une intervention au niveau du bras ou de la jambe.

Et regarde Harriet. Regarde un peu ce qui lui arrive. Elle a vieilli de dix ans en quelques minutes. Son homme se fait réduire en pièces. Ça se passe sous ses propres yeux et y a rien à dire, rien à faire. Elle sait que tout est vrai.

Bien sûr que c'est vrai. Aucun doute là-dessus. Le videur nous a fait un sale coup aujourd'hui. Mais malgré tout, je trouve qu'il mérite pas tout ce qu'il se ramasse. Déjà que ces derniers temps, il encaisse les coups durs… obligé de voir la serveuse tous les soirs alors qu'il la désire, tout en sachant qu'il a pas l'ombre d'une chance. Et là, alors même qu'elle est en train de le détruire, qu'elle l'insulte devant tout le monde, il arrive pas à détacher ses yeux affamés d'elle. Je le plains, le pauvre. C'est une triste journée pour l'Ours de Harleyville.

Pauvre Ours. Il voulait tellement faire son grand retour, d'une manière ou d'une autre. Il pensait que s'il arrivait à séduire la serveuse, il prouverait quelque chose. Du genre, qu'il était encore un type important, plein de prestance et de volonté, devant qui les femmes se pâment. Pourtant, tout ce qu'il a obtenu d'elle, c'est un méchant râteau. Pas même un regard.

En tout cas, aujourd'hui, elle lui en donne pour son argent. Elle lui en fait voir de toutes les couleurs. J'aimerais bien qu'elle arrête, je pense qu'elle va trop loin. Je me demande si elle se rend compte de ce qu'elle lui fait. Sans doute pas. Si elle savait, elle arrêterait. Si seulement je pouvais lui dire…

Lui dire quoi ? Que le videur est pas aussi mauvais qu'il en a l'air ? Que c'est un has been qui a raté son grand retour ? Bien sûr, c'est la vérité, mais tu peux pas balancer ça comme ça. Tu vas pas te mettre à plaindre Plyne quand même, ni lui ni qui que ce soit d'autre d'ailleurs. Parce que tout ça, c'est pas tes histoires. Toi, t'es perché dans les nuages et là-haut rien n'a d'importance.

Ben alors, pourquoi tu restes là à regarder et à écouter ? Pourquoi t'es pas devant ton piano ? Peut-être que t'attends qu'il se passe quelque chose. Ça serait pas étonnant que le videur finisse par exploser. Si la serveuse continue, ça va péter, c'est évident. Et alors ? C'est pas tes affaires. T'as pas de raison de t'en mêler. Alors maintenant, tu te casses. Tu les laisses et tu vas te mettre au piano.

Il allait partir, mais fut incapable de bouger. Lena le tenait toujours par le bras. Il tenta de se dégager et elle le lâcha. Elle lui lança un regard, ses yeux disaient : Pas question de te barrer, t'es impliqué toi aussi.

Lui, sans un mot, d'un simple sourire distant, répondit : Non, ça me concerne pas. Ni ça ni rien d'autre.

Alors il se dirigea vers le piano. Il entendit la voix de la serveuse qui continuait à s'adresser à Plyne. Ses jambes allèrent plus vite. Il était pressé de s'asseoir devant le clavier, de commencer à jouer de la musique. Parfait, pensa-t-il. Ça va étouffer ce bruit de fond. Il retira son pardessus et le jeta sur une chaise.

« Salut, Eddie. » La voix provenait d'une table voisine. Il lança un coup d'œil dans cette direction et vit des cheveux teints en jaune orangé, des épaules maigres et une poitrine plate. Les lèvres de Clarice étaient humides de gin et l'alcool lui faisait briller les yeux. Elle était assise là, seule, ignorant tout ce qui se passait au bar.

« Viens par là. Viens me voir, je veux te montrer un numéro.

— Plus tard », grogna-t-il avant de poursuivre son chemin vers le piano. Puis il pensa : C'est pas très poli de ta part. Il fit volte-face, sourit à Clarice et alla s'asseoir avec elle. « Très bien. Montre-moi ça. »

Elle monta sur la table, où elle tenta de faire le poirier sur un bras. Elle perdit l'équilibre et atterrit par terre.

« T'y étais presque », compatit Eddie. Il l'aida à se relever.

Elle se glissa sur la chaise. Au comptoir, à l'autre bout de la pièce, Lena continuait à en faire voir de toutes les couleurs à Plyne. N'écoute pas, se répétait-il. Concentre-toi sur ce que raconte Clarice.

Elle lui disait : « Tu m'as envoyée sur les roses, hier soir.

— J'étais vidé, si tu veux tout savoir. »

Elle haussa les épaules. Elle saisit son petit verre à liqueur et se rendit compte qu'il était vide. Avec un vague sourire à l'attention du récipient, elle déclara : « C'est comme ça. Quand on est vidé, on est vidé.

— Logique.

— Bien sûr ! » Elle lui donna une tape affectueuse sur l'épaule. « La prochaine fois peut-être…

— Sans faute, affirma-t-il.

— Ou peut-être… » Elle posa le verre sur la table et le mit de côté. « … peut-être qu'il y aura pas de prochaine fois.

— Qu'est-ce que tu veux dire ? » Il fronça légèrement les sourcils. « Tu fermes boutique ?

— Nan. Moi je continue mon bizness. Je parlais pour toi.

— Moi ? Qu'est-ce que j'ai ?

— Tu changes. Je vois bien que tu changes. »

Son froncement de sourcils s'accentua. « Comment ça ?

— Eh bien, regarde hier soir, par exemple. Et tout à l'heure, quand t'es arrivé avec la serveuse. C'était… Eh bien, j'ai déjà vu ça avant. Je sens ce genre de choses.

— Quel genre de choses ? Qu'est-ce que tu racontes ?

— Le coup de foudre », annonça-t-elle. Elle ne le regardait pas. Elle parlait en s'adressant au verre à liqueur et à la table. « C'est ça, un coup de foudre. Avant même que les gens s'en rendent compte, ils sont attirés l'un par l'autre. Ils peuvent pas y échapper. Pas même ce gars-là, ce musicien nonchalant. Il prend les choses comme elles viennent, puis d'un seul coup, c'est le coup de foudre…

— Écoute, tu veux un autre verre ?

— Je dis jamais non. »

Il s'apprêtait à se lever. « On dirait que t'en as besoin. »

Elle le retint sur sa chaise. « D'abord, raconte-moi tout. J'aime bien connaître ce genre d'histoires avant tout le monde. Peut-être que je l'enverrai à un chroniqueur mondain.

— Qu'est-ce que tu racontes ? Tu délires ou quoi ?

— Peut-être bien », grommela Clarice. Elle le regarda. Le scruta même. « Mais ça se voit. C'est écrit sur ton visage. Tu rayonnais quand t'es arrivé avec elle.

— Qui ? La serveuse ?

— Ouais, la serveuse. Mais à ce moment-là, c'était pas la serveuse d'un pauvre bistrot de quartier. C'était la reine du Nil et toi, tu étais ce fameux guerrier venu de Rome. »

Il s'esclaffa. « C'est l'alcool, Clarice. Le gin te monte à la tête.

— Tu crois ? Pas moi. » Elle saisit le verre vide, le rapprocha d'elle sur la table. « On va regarder dans la boule de cristal. »

Elle avait les mains autour du verre à liqueur et, assise sur sa chaise, sondait le petit objet.

« Je vois quelque chose, commença-t-elle.

— Clarice, c'est rien qu'un verre vide.

— Il est pas vide, là. Je vois un nuage. Je vois des ombres…

— Arrête ton char.

— Tais-toi. Ça s'éclaircit.

— OK. » Il sourit. « Je vais jouer le jeu. Qu'est-ce que tu vois ?

— Toi et la serveuse… »

Pour une raison ou une autre, il ferma les yeux. Ses mains s'agrippèrent à sa chaise.

Il entendit Clarice dire : « … et personne d'autre. Que vous deux. C'est l'été. Il y a une plage. Il y a de l'eau…

— De l'eau ? » Il ouvrit les paupières, ses mains se détendirent et il se remit à sourire. « C'est pas de l'eau. C'est du gin. Tu nages en plein dedans. »

Clarice ignora sa remarque. Elle continua à fixer le verre à liqueur. « Vous êtes tous les deux habillés. Elle retire ses vêtements. Mais regarde, elle est toute nue.

— Reste correcte.

— Tu l'observes, poursuivit Clarice. Elle court sur le sable. Elle plonge dans les vagues. Elle te demande de te déshabiller pour la rejoindre, l'eau est bonne. Toi, tu restes sur place…

— Exactement. Je reste où je suis. Je bouge pas d'un pouce.

— Mais elle veut que tu la rejoignes…

— Qu'elle aille au diable. L'océan est trop profond pour moi. »

Clarice leva les yeux dans sa direction. Puis les reporta sur le verre. Ce n'était plus qu'un verre vide qui avait besoin d'être rempli.

« Tu vois ! » fit-il. Et il se remit à sourire. « Y a rien.

— Franchement ? Je veux dire, tu te racontes pas des histoires ?

— Eh bien, si t'as besoin d'une preuve… » Il glissa la main dans sa poche et en sortit la liasse de billets, son salaire. Il détacha trois coupures de un dollar et les posa sur la table. « Je te paie à l'avance. Pour la prochaine fois. »

Elle regarda les trois billets.

« Prends-les. Tu ferais aussi bien de les empocher maintenant, parce que tu vas bientôt travailler pour les gagner. »

Clarice haussa les épaules et ramassa l'argent sur la table. Elle fourra les billets dans sa manche. « Quoi qu'il en soit, je suis heureuse de savoir que tu fais toujours partie de mes clients.

— Client à vie, précisa-t-il, son sourire lointain collé aux lèvres. Tope là ! »

Et il avança la main. C'est alors qu'un bruit en provenance du comptoir lui parvint. C'était un grognement qui se mua peu à peu en gémissement. Il tourna la tête et vit les clients reculer, se bousculer pour rester à distance du videur. De nouveau le grognement se fit entendre. Alors Harriet s'extirpa du comptoir, se déplaçant rapidement pour s'interposer entre le videur et la serveuse. Repoussée par une violente bourrade de Plyne, elle trébucha et tomba sur les fesses. Le videur grogna encore une fois et s'avança d'un pas lent vers Lena. Cette dernière resta immobile. Plyne leva le bras. Il hésita, comme s'il n'était pas tout à fait sûr de son geste. La serveuse lui sourit d'un air narquois, le défiant d'aller jusqu'au bout. Il abattit son bras et le plat de sa main heurta violemment la bouche de la jeune femme.

Eddie se leva de sa chaise et se dirigea vers le comptoir.

11

Il se fraya un chemin dans la foule des clients. Comme elle était compacte, il devait jouer des coudes. Alors qu'il avançait, les gens poussèrent un cri, car Plyne frappa à nouveau la serveuse. Cette fois, du revers de la main.

Eddie forçait le passage, traçant au milieu des soiffards.

Lena n'avait pas bougé. De sa lèvre inférieure, un filet rouge coulait.

« Retire ce que t'as dit », lui ordonna le videur. Il avait le souffle court. « Tu vas retirer ce que...

— Va te faire foutre », lui lança la serveuse.

Plyne la frappa à nouveau, du plat de la main. Et une fois encore, du revers.

Harriet, qui s'était relevée, vint s'interposer entre eux. Le videur l'attrapa par le bras et l'envoya valdinguer. Elle traversa la pièce et atterrit lourdement sur les genoux. En essayant de se remettre debout, elle se tordit la cheville et retomba à terre. Elle resta assise, à se frotter la cheville en regardant Plyne et la serveuse.

Le videur leva une nouvelle fois son bras. « Tu vas retirer ce que t'as dit ?

— Non. »

Sa main ouverte s'écrasa sur le visage de la serveuse. Cette dernière bascula contre le bar, retrouva son équilibre et ne bougea plus d'un pouce, son petit sourire toujours plaqué sur les lèvres. À présent, un flot de sang s'écoulait de sa bouche. L'une de ses joues était marquée par des traces de doigts et l'autre, enflée et couverte d'ecchymoses.

« Je vais te démolir, hurla Plyne. Je vais te faire regretter le jour où tu m'as rencontré…

— Je le regrette déjà, déclara la serveuse. Tu me répugnes. »

Plyne la gifla à nouveau de la paume. Puis il serra le poing.

En désespoir de cause, Eddie se servit de ses bras comme de faux pour fendre la foule.

Plyne dit à la serveuse : « Tu vas retirer ça tout de suite, si tu veux pas que je te refasse le portrait.

— Tu me fais pas peur », répondit-elle. Elle lécha le sang qui coulait de ses lèvres.

« Que le diable t'emporte », cracha Plyne. Il leva le poing pour la frapper au visage. Son bras était encore en l'air lorsqu'une main le saisit. Il se dégagea d'un coup sec et reprit son élan. La main s'abattit de nouveau sur son bras, le tenant plus fermement cette fois-ci. Il tourna la tête pour voir qui était intervenu.

« Laisse-la tranquille, lui ordonna Eddie.

— C'est toi ? » s'étonna Plyne.

Eddie ne répondit pas. Il lui bloquait toujours le bras. Il se déplaça lentement, s'interposant entre le videur et la serveuse.

Plyne ouvrait des yeux ronds. Il était vraiment surpris. « Pas toi, Eddie. N'importe qui, mais pas toi.

— Bon allez, maugréa le pianiste. T'arrêtes maintenant.

— Non mais ! » lâcha le videur. Il se tourna pour prendre à témoin la foule abasourdie. « Regardez ce qui se passe ici. Regardez qui essaie d'intervenir.

— Je plaisante pas, Wally.

— Quoi ? Qu'est-ce que tu dis ? » Et, s'adressant de nouveau à la foule : « Vous entendez ? Il dit qu'il plaisante pas.

— C'est allé trop loin, poursuivit Eddie.

— Eh bien, mon… » Le videur ne savait plus quoi penser. Puis il baissa les yeux sur la main qui lui tenait toujours le bras. « Qu'est-ce que tu fous ? demanda-t-il, sa voix trahissant son étonnement. Qu'est-ce que tu crois ? »

Eddie s'adressa à la serveuse : « Va-t'en.

— Quoi ? fit Plyne avant de dire à la serveuse qui n'avait pas bougé : C'est bien, reste là. J'en ai pas fini avec toi.

— Non, trancha Eddie. Écoute, Wally…

— T'écouter, toi ? » Le videur éclata de rire. Il dégagea son bras de l'emprise d'Eddie. « Dégage, espèce de rigolo. Dégage de là. »

Eddie ne bougea pas d'un poil.

« Je t'ai dit de dégager, aboya Plyne. Retourne à ta place. » Il désigna le piano.

« Si tu la laisses tranquille », concéda Eddie.

Une fois encore, Plyne se tourna vers la foule. « Vous entendez ça ? Vous y croyez ? Je lui dis de dégager et il refuse. C'est pas notre Eddie, ça. »

Parmi les clients, quelqu'un lança : « C'est pourtant bien lui. »

Et un autre d'ajouter : « Il est encore là, l'Ours. »

Plyne recula de quelques pas pour toiser Eddie. Il lui demanda : « Qu'est-ce qui te prend ? Tu sais plus ce que tu fais ? »

Eddie s'adressa encore à Lena. « Va-t'en, s'il te plaît. Allez, disparais.

— Non, ça m'intéresse, rétorqua-t-elle. J'aime bien ce que je vois.

— Évidemment qu'elle aime bien ce qu'elle voit, s'enorgueillit Plyne. Et encore, elle a rien vu ! Je vais lui montrer de quoi je…

— Non, tu feras rien. » La voix d'Eddie était douce, presque un chuchotement.

« "Non, tu feras rien", singea le videur. Et qui va m'en empêcher ? »

Eddie ne pipa mot.

Plyne rit de plus belle. Il tapota légèrement la tête d'Eddie, puis il déclara de manière bienveillante, quasiment paternelle : « T'es pas dans ton assiette. Quelqu'un a dû te faire fumer de l'herbe, ou alors un petit malin a mis un cacheton dans ton café.

— Il plane pas, l'Ours, lui répondit quelqu'un dans la foule. Il a bien les pieds sur terre. »

Un autre spectateur ajouta : « C'est sa tête qui va se retrouver par terre s'il bouge pas de là.

— Il va bouger, assura Plyne. J'ai qu'à claquer des doigts et… »

Eddie s'exprima sans gaspiller de salive. Ses yeux dirent au videur : Ça va pas suffire.

Plyne reçut le message, s'assura d'avoir bien compris

et décida de vérifier par lui-même. Il se dirigea vers Lena. Eddie le précéda, se mettant en travers de son chemin. Quelqu'un cria : « Attention, Eddie… »

Le videur lança son bras dans la direction du pianiste, comme s'il chassait une mouche. Eddie esquiva et le videur passa devant lui, se préparant à cogner la serveuse. Eddie pivota sur lui-même et balança un coup de poing. Sa main droite entra en contact avec la tête de Plyne.

« Hein ? » rugit Plyne. Il fit volte-face et regarda Eddie.

Le pianiste était en position de combat, les jambes écartées, les poings en garde basse.

« Qu'est-ce que t'as fait ? » demanda Plyne.

Qu'est-ce que j'ai fait ? se demanda Eddie. C'est moi qui ai fait ça ? Ouais, carrément. Mais c'est pas possible. Je suis Eddie. Eddie ferait pas ça. Le type qui en serait capable est un vagabond qui a disparu depuis longtemps, un fou déchaîné qui se régalait de son propre sang et de celui des gros bras de Hell's Kitchen, des brutes de Bowery et des gorilles de Greenpoint. Et c'était dans une autre ville, dans un autre monde. Ici, Eddie, il s'assoit devant son piano et joue de la musique tout en gardant un œil distant sur ce qui se passe. Alors pourquoi…

Le videur s'approcha de lui, la main gauche levée, la droite prête à enchaîner. Au moment où il s'élança, Eddie esquiva et lui décocha une droite dans le ventre. Plyne grogna et se plia en deux. Eddie recula puis, du tranchant de la main gauche, lui envoya un coup à la tête.

Plyne mordit la poussière.

La foule était sans voix. Le seul bruit qu'on entendait

dans le Hut était la respiration lourde du videur, qui se dressa sur un genou et secoua la tête très lentement.

Quelqu'un dit : « Faut que je m'achète une nouvelle paire de lunettes. J'ai pas dû bien voir.

— T'as bien vu, le corrigea un autre. C'est Eddie qui a fait ça.

— Je te dis que ça peut pas être Eddie. La façon dont il a bougé… Ça fait des années que j'ai pas vu ça. Depuis Henry Armstrong.

— Ou Terry McGovern, fit remarquer un des anciens.

— Ouais, bien vu. C'était une gauche à la McGovern, c'est clair. »

Puis ils redevinrent silencieux. Le videur reprenait ses esprits. Il se redressa très lentement et observa la foule. Les gens reculèrent. Ceux qui étaient derrière se mirent à pousser les chaises et les tables. « C'est ça, souffla-t-il avec calme. Faites-moi de la place. »

Puis il se retourna pour dévisager le pianiste.

« Je veux pas me battre avec toi, le prévint Eddie. On arrête là, Wally.

— Bien sûr, répondit le videur. Je vais plier ça en quelques secondes. »

Eddie fit un geste en direction de la serveuse qui s'était déplacée au bout du bar. « Si tu voulais bien la laisser tranquille…

— Pour l'instant, concéda le videur. Là, c'est toi qui m'intéresses. »

Plyne se précipita sur lui.

Eddie l'accueillit d'une droite fulgurante à la bouche. Plyne recula, chargea à nouveau et se prit une autre droite qui l'atteignit à la pommette. Il tenta alors de frapper son adversaire en agitant les deux bras. Eddie se pencha très bas, un grand sourire joyeux sur les lèvres, et s'approcha du videur pour lancer un uppercut du gauche, puis enchaîna avec une courte droite qui produisit un craquement en touchant la pommette endommagée. Plyne recula encore, puis s'approcha en feintant, faisant preuve d'une certaine prudence.

Prudence inutile. Il reçut une droite à la tête, trois gauches à l'œil et un direct du droit sur les lèvres. Le videur ouvrit la bouche et deux dents en tombèrent.

« Vingt dieux ! » s'exclama quelqu'un.

Plyne se concentrait davantage à présent. Il feinta de la gauche, attirant Eddie vers lui, et envoya une droite croisée qui manqua sa cible. Suite à quoi il encaissa une série de coups au visage. Il secoua la tête, attira à nouveau Eddie avec une autre feinte du gauche, puis enchaîna avec une autre droite croisée. Cette fois-ci, elle fit mouche. Elle toucha la mâchoire d'Eddie, qui fit un bond en arrière et s'écroula sur le dos. Pendant quelques instants, ses yeux restèrent fermés. Il entendit quelqu'un dire : « Va chercher de l'eau... » Il ouvrit les paupières. Il sourit à Plyne.

Le videur lui renvoya son sourire. « Comment ça va ?

— Bien », lui répondit Eddie. Il se releva. Le videur s'approcha rapidement de lui et le cogna à la mâchoire. Eddie s'effondra de nouveau. Il se releva très lentement, toujours en souriant. Il se mit en garde, mais Plyne était tout près et le repoussa. Le videur le tint à distance avec une longue gauche, puis le coinça contre une table et lui balança une droite qui l'envoya valser derrière le meuble, jambes par-dessus tête. Eddie heurta le sol, roula sur lui-même et se releva.

Plyne avait déjà contourné la table et l'attendait. Le videur lui décocha une droite à la tête, suivie d'un crochet du gauche dans les côtes, puis il lui asséna un coup de poing circulaire qui l'atteignit sur le côté du visage. Eddie tomba à genoux.

« Arrête, lui cria quelqu'un. Pour l'amour de Dieu, arrête-toi là.

— Non, c'est pas son genre, annonça le videur. Attendez un peu, vous allez voir. Il va se remettre sur ses pieds.

— Bouge pas, Eddie…

— Et pourquoi ça ? demanda le videur. Regardez-le sourire, il s'éclate.

— Comme un petit fou », confirma Eddie. En un rien de temps, il était debout à cogner le videur à la bouche, dans son arcade déjà ouverte, et encore une fois à la bouche. Plyne cria à l'agonie lorsque son arcade se fendit pour la deuxième fois, plus profondément encore.

Les clients du bar étaient acculés contre un mur. Ils virent le videur chanceler après avoir reçu un méchant coup à la bouche. Le pianiste s'élança pour le frapper au ventre. La respiration sifflante, plié en deux par la douleur, Plyne était sur le point de s'écrouler. Eddie se rapprocha encore et décocha une droite qui remit Plyne sur ses pieds. Puis il envoya une gauche rapide comme l'éclair qui fit un bruit écœurant lorsqu'elle atteignit l'œil gravement endommagé du videur.

Plyne se mit à hurler.

Un autre cri se fit entendre, il venait d'une femme dans la foule.

Un homme s'emporta : « Que quelqu'un les arrête... »

Plyne reçut un autre crochet du gauche dans son œil blessé, suivi d'une droite puissante dans la bouche, d'une gauche dans l'œil, enchaînées avec une droite dans sa pommette meurtrie et de deux directs au même endroit. Eddie fractura la pommette du videur, lui ferma complètement la paupière et quatre dents tombèrent de la gencive ensanglantée de Plyne. Ce dernier ouvrit la bouche pour hurler à nouveau et reçut une droite à la mâchoire. Il s'effondra sur une chaise qui se brisa sous le choc. Il tendit le bras à l'aveuglette, le menton collé au sol, et sa main se referma sur un morceau de bois brisé, le pied de la chaise cassée. Alors qu'il se relevait, il balança de toutes ses forces un coup de gourdin en direction de la tête du pianiste.

L'arme de fortune frappa dans le vide. Plyne donna un nouveau coup et manqua sa cible. Eddie reculait. Le videur avança lentement, puis s'élança pour frapper. Le gourdin frôla l'épaule du pianiste.

Eddie continua de reculer. Il se heurta à une table et se jeta sur le côté quand le videur tenta une nouvelle fois de le frapper au crâne. La matraque improvisée rata sa tempe de quelques centimètres seulement.

C'est pas passé loin, se dit Eddie. Il s'en est vraiment fallu de peu. Si ce machin entre en contact avec ton crâne, t'es bon pour les urgences. T'es déjà dans un état critique, alors pas la peine d'en rajouter. Comment ça se fait que tu tiennes encore debout, d'ailleurs ? Non mais, regarde-le. Il a complètement pété les plombs. Regarde ses yeux.

Ou plutôt son œil, l'autre est en charpie. Regarde son œil ouvert. Tu vois ce qu'il y a dedans ? Ça sent le massacre à plein nez. Il ira jusqu'au bout, alors tu dois faire quelque chose.

Quoi que ce soit, t'as intérêt à agir vite. On est dans la dernière ligne droite, là. On se rapproche de l'arrivée. Ouais… il a failli t'avoir cette fois. Un centimètre de plus et ça aurait été la fin. Putain de tables. Elles sont toutes sur mon chemin. Mais la porte de service, au fond du bar, je pense qu'elle est assez près pour tenter le coup. Bien sûr, c'est la seule chose à faire. Enfin, si tu veux sortir d'ici vivant.

Il se retourna et s'élança vers la porte de service. Alors qu'il était près du but, il entendit la foule pousser un cri. Il se retourna et vit le videur se diriger vers la serveuse.

Elle était acculée au comptoir. Bloquée, coincée. D'un côté, il y avait des tables renversées. De l'autre, la foule. Le videur avançait très lentement, les épaules voûtées, la matraque levée. Le sang qui lui coulait de la bouche produisait un gargouillis sourd. C'était un son macabre, comme un chant funèbre.

Cinq ou six mètres séparaient Plyne de Lena. Distance qui se réduisait. Le videur enjamba une chaise renversée, la tête enfoncée entre les épaules. Il écarta une table qui se trouvait en travers de son chemin. À ce moment-là, Eddie se mit en mouvement.

La foule le vit courir vers le comptoir, sauter par-dessus sa surface en bois, puis se précipiter vers le buffet à l'autre bout. Arrivé devant, il s'empara d'un couteau à pain.

Il franchit une nouvelle fois le comptoir et se plaça entre

la serveuse et le videur. C'était un grand couteau. Avec une lame en acier inoxydable très tranchante. Eddie pensa : Le videur sait à quel point il est aiguisé, il a vu Harriet trancher du pain et de la viande avec. Je pense qu'il va abandonner son gourdin et se calmer. Regarde, il s'est arrêté, il reste sur place. Si seulement il pouvait se débarrasser de son arme.

« Lâche ta matraque, Wally. »

Plyne s'accrocha à son gourdin. Il fixa le couteau, la serveuse, puis reporta ses yeux sur le couteau.

« Lâche ton bâton », ordonna Eddie. Il fit un pas en avant.

Plyne recula de quelques centimètres. Puis il s'arrêta et jeta un coup d'œil autour de lui, un peu étonné. Alors il vit Lena. Il émit encore quelques gargouillis.

Eddie fit un nouveau pas en avant. Il leva légèrement le couteau. Il donna un coup de pied à une table renversée, dégageant l'espace entre lui et le videur.

Il montra les dents : « Bon allez, je t'ai donné une chance… »

Une femme dans la foule poussa un cri. C'était Harriet. Elle cria à nouveau alors qu'Eddie s'approchait lentement du videur. Elle hurla : « Non Eddie… s'il te plaît ! »

Il voulut tourner la tête dans sa direction pour lui faire tacitement comprendre : Tout va bien, c'est du bluff. Mais il pensa : Tu peux pas faire ça. Tu dois garder les yeux braqués sur Plyne. Tu dois le repousser du regard, le faire reculer…

Le videur battait en retraite. Il tenait toujours le gourdin, mais sa prise n'était plus aussi ferme. Il ne semblait pas se rendre compte qu'il avait toujours l'arme en main. Il fit encore quelques pas en arrière. Puis il tourna la tête et avisa la porte de service.

Je crois que ça marche, pensa Eddie. Si j'arrivais à le faire sortir d'ici, à le faire courir vers la porte pour qu'il quitte le Hut, il serait loin de Lena…

Regarde, il a laissé tomber sa matraque. C'est bien. T'assures, l'Ours. Je pense que tu vas y arriver. Allez, l'Ours, c'est plus raisonnable. Non, la regarde pas. Regarde-moi, regarde le couteau. C'est un couteau drôlement coupant, l'Ours. Tu préfères pas t'en éloigner ? Tout ce que t'as à faire, c'est de passer par cette porte. S'il te plaît, Wally, vas-y, file. Je serai juste derrière toi…

Eddie leva le couteau plus haut. Il s'approcha et donna un coup dans le vide devant la gorge du videur.

Plyne fit demi-tour et partit en courant vers la porte de service.

Eddie partit à sa poursuite.

« Non… » cria Harriet.

Et la foule de reprendre en chœur : « Non, Eddie. Eddie… »

Le pianiste poursuivit Plyne à travers l'arrière-salle du Hut et franchit la porte sur ses talons. Plyne progressait vite dans la ruelle enneigée et balayée par le vent. Faut pas que je le laisse seul, pensa Eddie. Faut que je reste avec l'Ours, il a plus que jamais besoin d'un pote, d'une main amicale sur son épaule, d'une voix douce qui lui dise : Tout va bien, Wally. Tout va bien.

Plyne risqua un œil derrière lui et vit arriver Eddie, le couteau à la main. Il accéléra sa foulée. La ruelle bordée de palissades était très longue et il courait à contrevent. Il va bientôt s'arrêter, pensa Eddie. Il est gravement blessé et il doit trimbaler sa carcasse, il peut pas tenir à ce rythme. D'ailleurs, toi aussi, tu te sens lourd. C'est bien que tu portes pas ton manteau. Ou peut-être pas tant que ça, parce que je vais te dire un truc, mon petit bonhomme : ça caille ici.

Ayant dévalé la moitié de la ruelle, le videur regarda de nouveau par-dessus son épaule, puis il se mit à zigzaguer et se heurta aux planches d'une grande clôture. Il essaya de l'escalader mais ne réussit pas à trouver de prise. Il continua à courir. Il glissa dans la neige, s'effondra, se releva, puis jeta un nouveau coup d'œil en arrière avant de reprendre sa course. Il parcourut encore trente mètres et s'arrêta une fois de plus. Il essaya d'ouvrir une porte dans la palissade. Elle n'était pas verrouillée, alors il s'engouffra dans le passage.

Eddie courut jusqu'à la porte. Elle était encore ouverte. Elle donnait sur la petite cour d'une maison à un étage. En entrant dans l'arrière-cour, il vit Plyne qui tentait d'escalader la bâtisse.

Il donnait des grands coups de griffes dans le mur, essayant d'insérer ses doigts dans les minuscules interstices entre les briques rouges. On aurait dit qu'il voulait grimper coûte que coûte, même s'il devait se râper toute la peau des mains.

« Wally… »

Le videur s'efforçait toujours de gravir la façade de la maison.

« Wally, écoute… »

Le videur se jeta sur le mur. Ses ongles raclèrent les

briques. En retombant, il s'affaissa sur les genoux. Il se redressa, examina le mur, puis se retourna lentement vers Eddie.

Le pianiste lui sourit et lâcha le couteau. Celui-ci atterrit dans la neige avec un bruit sourd.

Le videur regarda l'arme. Elle était à moitié cachée dans la neige. Il la désigna d'un doigt tremblant.

« Oublie ce truc », déclara Eddie. Il donna un coup de pied dans le couteau.

« Tu vas pas…

— Laisse tomber, Wally. »

Le videur porta la main à son visage maculé de sang. Il s'essuya la bouche, regarda ses doigts tachés de rouge, puis leva les yeux vers Eddie. « Laisser tomber ? marmonna-t-il, et il commença à s'approcher. C'est pas possible ça. »

Tout doux, pensa Eddie. On va y aller en souplesse. Il continua de sourire au videur. Il lui dit : « Tu sais quoi ? On va dire que j'ai eu mon compte. »

Mais Plyne continuait d'avancer. Il grogna : « Pas encore, non. Il doit y avoir un vainqueur…

— C'est toi qui as gagné, concéda Eddie. T'es trop fort pour moi, c'est tout. Je pourrai jamais te battre.

— Essaie pas de m'enfumer, s'emporta le videur dont le cerveau brisé par la douleur parvenait quand même à percer la brume rouge, à percevoir clairement les choses. Ils m'ont vu m'enfuir. Ils ont vu le videur se faire vider. Ils vont se foutre de moi…

— Wally, écoute…

— Ils vont se payer ma tronche. » Plyne était ramassé sur lui-même, et ses bras se balançaient tandis qu'il se déplaçait lentement. « Et ça, c'est impossible. Je pourrais pas le supporter. Faut qu'ils sachent…

— Ils savent, Wally. C'est pas comme s'ils avaient besoin d'une preuve.

— … faut qu'ils sachent, répéta Plyne comme s'il se parlait à lui-même. Je dois leur faire oublier tout ce qu'elle a dit. Que je suis un vieux minable, un porc, un faux jeton, une larve… »

Eddie baissa les yeux sur le couteau dans la neige. C'est allé trop loin, pensa-t-il. Il est trop tard pour essayer de discuter. Trop tard pour quoi que ce soit. Au moins, t'auras essayé.

« Mais écoute ça, dit le videur pour lui-même. Elle t'a traité de tous les noms. Que des mensonges. Toi, t'as qu'un seul blase : l'Ours… » Il sanglotait, ses énormes épaules tremblaient, sa bouche ensanglantée se tordait de façon grotesque. « Je suis l'Ours, et ils se foutront pas de ma gueule ! »

Plyne bondit, ses énormes bras se déployèrent et vinrent se resserrer autour de la taille d'Eddie. Oui, c'est bien l'Ours, pensa Eddie, sentant l'immense force destructrice de la prise de l'ours. Il avait l'impression que ses entrailles comprimées lui remontaient dans la poitrine. Il ne pouvait pas respirer, il ne pouvait même pas essayer de respirer. Il avait la bouche grande ouverte, la tête rejetée en arrière et les yeux fermés tandis que le menton du videur s'enfonçait dans son torse. C'est trop serré, pensa-t-il. Personne peut survivre à cette prise.

Le videur le soulevait à présent, les pieds d'Eddie se trouvaient à quelques centimètres du sol. Alors que la pression augmentait, le pianiste balança ses jambes vers l'avant, comme pour essayer de faire un saut périlleux arrière. Ses jambes passèrent entre les genoux du videur, et ce dernier avança en trébuchant. Alors ils s'effondrèrent et Eddie sentit l'humidité froide de la neige. À califourchon sur lui, Plyne maintenait sa prise, les genoux plantés dans la neige tandis que ses énormes bras serraient encore plus fort.

Eddie fermait les yeux. Il essaya de les ouvrir mais n'y parvint pas. Puis il tenta de bouger son bras gauche, ou du moins ses doigts, tout en se disant qu'il avait besoin de griffes, et que s'il pouvait atteindre le visage du videur…

Son bras gauche se leva de quelques centimètres et retomba à terre. La neige était très froide contre sa main. Puis il se passa quelque chose : il ne sentit plus rien. T'es fini, se dit-il. T'es en train de tourner de l'œil. Tandis que cette pensée traversait l'épais brouillard dans son cerveau, il tenta une dernière manœuvre de la main droite.

Qu'est-ce que t'essaies de faire ? se demanda-t-il. Qu'est-ce que tu vas inventer ? Sa main droite bougea faiblement dans la neige. Puis ses doigts touchèrent quelque chose de dur, comme un morceau de bois. Au contact de l'objet, il sut immédiatement de quoi il s'agissait : le manche du couteau.

Il le saisit en se disant : Dans le bras, tu le plantes dans le bras. Puis il réussit à ouvrir les paupières. Les forces qu'il lui restait étaient maintenant concentrées dans ses yeux et dans ses doigts qui agrippaient le couteau. Il visa le bras gauche de Plyne. Vas-y profond, se motiva-t-il. Plante-le de manière qu'il sente vraiment le coup et qu'il lâche prise.

Le couteau se leva. Plyne ne se rendit compte de rien. À ce moment-là, il changea de position pour exercer une plus forte pression. Déplaçant son poids de la droite vers la gauche, il prit le couteau en pleine poitrine. La lame s'enfonça très profondément.

« Hein ? souffla Plyne. Qu'est-ce que tu m'as fait ? »

Eddie observa sa propre main qui tenait toujours le manche du couteau. Le videur s'éloignait de lui, reculant en titubant. Eddie vit la lame luire d'un éclat rouge, et Plyne rouler dans la neige, pris de convulsions.

Le videur se tordit dans tous les sens puis, allongé sur le dos, il cessa finalement de gigoter. Il garda la pose. Sa bouche s'ouvrit en grand et il se mit à suffoquer. Des bulles roses, rouges et noires apparurent aux coins de ses lèvres. Ses pupilles s'agrandirent. Puis il poussa un soupir et mourut, les yeux encore ouverts.

12

Eddie s'assit par terre et regarda le mort. Il se demanda : Qui a fait ça ? Puis il retomba de tout son long dans la neige, haletant et toussant, essayant de détendre un peu son corps broyé. C'est tellement compressé là-dedans, pensa-t-il, les mains jointes sur son abdomen, tout est écrasé et meurtri. Tu le sens ? Évidemment. Et un autre truc que tu sens, ce sont les ennuis qui se profilent. Ce truc-là dans la neige, c'est ton œuvre, mon pote. Tu veux voir le tableau ? T'as envie d'admirer ton travail ?

Non, pas maintenant. T'as du pain sur la planche, là. Les bruits que t'entends dans la ruelle, c'est les habitués du Hut qui sortent voir où vous en êtes. Comment ça se fait qu'ils aient attendu si longtemps ? Ils ont dû avoir peur. Je crois que ça les a paralysés un moment, cette histoire. Mais maintenant, ils sont dans la ruelle. Ils ouvrent les portes de la palissade, celles qui sont pas fermées à clé. Ils imaginent à raison qu'on est dans une de ces arrière-cours. Alors ce qu'il faut faire, c'est les empêcher d'entrer ici. Tu vas aller verrouiller cette porte.

Mais attends… réfléchis un peu. Comment ça se fait

que tu veux pas qu'ils vous voient ? Ils finiront bien par découvrir la vérité, tôt ou tard. Au bout du compte, c'est rien qu'un accident. C'est pas comme si tu l'avais fait exprès. Tu visais son bras et, quand il a fait ce mouvement, il s'est décalé d'une dizaine de centimètres sur la gauche, se dirigeant vers l'irréparable. Bien sûr, c'est ce qui s'est passé, il a bougé du mauvais côté et c'était un accident.

Tu parles d'un accident… Et eux, qu'est-ce qu'ils vont dire ? Ils parleront d'un homicide.

Ce sera vite vu, et la scène à laquelle ils pensent avoir assisté au Hut confirmera leurs soupçons. La façon dont tu l'as menacé avec le couteau. La façon dont tu l'as poursuivi quand il s'est enfui. Mais tu sais bien que tu bluffais.

Bien sûr, mon pote. Toi, tu le sais. Mais eux, non. C'est ça le truc… Et cette mascarade, elle te fout dans une galère sans nom. Parce que ton coup de bluff, il était parfait, trop parfait même. Tout le monde y a cru. Tu sais que Harriet a marché, qu'ils ont tous marché. Ils diront que t'avais l'air déchaîné, prêt à commettre un meurtre.

Tu veux que je te dise ? Je pense qu'ils t'accuseront d'homicide involontaire et que tu vas devoir tirer cinq… sept… dix ans de taule, ou peut-être même plus, en fonction de l'humeur des membres du comité de probation, ou de l'état de leur foie. T'es prêt à accepter ce genre de plan ? Franchement, non. Non, non et non.

Tu ferais mieux de te bouger alors. Tu ferais mieux de verrouiller cette porte.

Il se souleva sur les coudes. Tourna la tête vers la porte dans la palissade. La distance qui le séparait d'elle était difficile à évaluer. Il n'y avait plus beaucoup de lumière. Le peu de soleil qu'il restait était obstrué par un rideau gris foncé, très épais dans le ciel et encore plus opaque ici-bas, où les fortes chutes de neige le mouchetaient de blanc. Cela rappela encore une fois à Eddie qu'il ne portait pas de manteau. Hébété, il pensa stupidement : Tu devrais retourner chercher ton pardessus, tu vas geler ici.

Il fait encore plus froid en cabane. Y a rien de plus glacial que la taule, l'ami.

Il se mit à ramper dans la neige, avançant vers la porte située à environ cinq mètres. Pourquoi t'y vas comme ça ? se demanda-t-il. Pourquoi tu te lèves pas pour marcher ?

Eh bien, parce que tu peux pas te relever. T'es plus ou moins en train de mourir, là. Ce qu'il te faudrait, c'est un bon lit chaud dans une chambre proprette avec des gens en blanc qui s'occupent de toi. Ou au moins qui t'administrent une piqûre pour faire disparaître la douleur. Ce que tu peux souffrir... Je me demande si t'as des côtes cassées. D'accord, j'arrête de me plaindre. Et j'avance vers cette porte.

En rampant dans la neige, il tendit l'oreille pour écouter les bruits qui provenaient de la ruelle. Ils se rapprochaient. Les voix se mêlaient au cliquetis des portes des palissades qui longeaient la ruelle. Il entendit quelqu'un crier : « Essaie celle-là... celle-ci est fermée à clé. » Et une autre voix de dire : « Peut-être qu'ils sont allés jusqu'au bout... et qu'ils sont déjà arrivés dans la rue. » Une troisième personne protesta : « Non, ils sont forcément dans l'une de ces arrière-cours... ils auraient pas pu rejoindre la rue aussi vite.

— Eh bien, ils doivent être dans le coin.

— On ferait bien d'appeler les flics...

— Avancez, les gars ! Faut essayer toutes les portes. »

Eddie rampait un peu plus vite à présent, même s'il avait l'impression de ne plus avancer. Sa bouche ouverte implorait l'air d'entrer. Lorsqu'il inspira enfin, il eut la sensation que quelqu'un lui enfonçait des pelletées de cendre chaude dans la gorge. Allez, se motiva-t-il. Par pitié, va jusqu'à cette porte et verrouille-la.

Les voix étaient proches. Soudain, l'une d'elles cria : « Hé, regardez les traces de pas…

— Quelles traces de pas ? Y en a plein.

— On va voir dans Spaulding Street…

— Je me les caille.

— Je vous le dis, moi, on ferait bien d'appeler les flics… »

Il les entendit se rapprocher. Il était à quelques mètres de la porte dans la palissade. Il se mit à genoux, tenta de se relever mais ses jambes cédèrent. Il se retrouva face contre terre dans la neige. Lève-toi, s'ordonna-t-il. Lève-toi, espèce de flemmard.

Ses mains repoussèrent fortement le sol enneigé, ses bras se tendirent, ses genoux commencèrent à faire levier tandis qu'il s'efforçait de se relever. Une fois debout, il tomba en avant, cherchant à s'agripper à la porte ouverte. Ses mains l'atteignirent, la fermèrent, puis il tira le verrou. Alors que le pêne glissait dans la gâche, Eddie s'effondra.

Je crois qu'on est bon, pensa-t-il. Pour le moment, en tout cas. Mais plus tard ? Eh bien, on en reparlera le moment voulu. Enfin, quand on sera hors de danger, quand on sera sûr qu'ils sont sortis de la ruelle. Alors on pourra bouger. Pour aller où ? Alors là, bien vu, l'ami. J'en ai pas la moindre idée.

Allongé sur le côté, il sentait la neige refroidir son visage, les flocons lui tomber sur la tête, le vent lui mordre la peau et le froid s'insinuer dans sa chair, lui tailladant les os. Il entendait les voix dans la ruelle, les pas, les portes qu'on ouvrait et qu'on refermait, même si les bruits se brouillaient étrangement au fur et à mesure qu'ils se rapprochaient. Puis ils furent devant la porte, mais ils la dépassèrent, toujours très nébuleux. Ils ressemblaient à un bourdonnement lointain. Comme une berceuse, pensa confusément Eddie. Il ferma les yeux, sa tête s'enfonça plus profondément dans l'oreiller de neige. Il flottait loin, très loin.

Une voix le réveilla. Il ouvrit les paupières, se demandant s'il n'avait pas rêvé.

« Eddie… »

C'était la voix de Lena. Il entendait le bruit de ses pas dans la ruelle. Elle avançait lentement.

Il s'assit, clignant des yeux. Il leva le bras pour protéger son visage du vent et de la neige.

« Eddie… »

C'est bien elle. Qu'est-ce qu'elle veut ?

Son bras s'écarta de son visage. Il regarda autour de lui puis, levant les yeux, il aperçut le ciel gris, la neige qui s'abattait sur le toit de la maison et les rafales tourbillonnantes qui la faisaient ensuite dégringoler dans l'arrière-cour. La neige avait recouvert d'une fine couche blanche la masse informe qui gisait au sol.

Il est encore là, pensa-t-il. Tu t'attendais à quoi ? À ce qu'il se lève et s'en aille ?

« Eddie… »

Désolé, je peux pas te parler maintenant. Je suis un

peu occupé. Je dois m'assurer de quelques trucs. D'abord, l'heure. Quand s'est-on endormi ? Je pense pas qu'on ait pioncé longtemps. Environ cinq minutes. On aurait dû roupiller plus. J'ai vraiment besoin de sommeil. Très bien, on y retourne alors, le reste peut attendre.

« Eddie… Eddie… »

Est-ce qu'elle est toute seule ? se demanda-t-il. On dirait bien. C'est un peu comme si elle disait : Tout va bien, maintenant, tu peux sortir.

Il entendit la serveuse l'appeler à nouveau. Il se leva au ralenti, déverrouilla la porte et l'ouvrit.

Des pas rapides s'approchèrent. Eddie recula, s'appuyant lourdement contre la palissade, alors que Lena entrait dans l'arrière-cour. Elle le regarda, s'apprêta à dire quelque chose, puis se ravisa. Ses yeux suivirent la direction qu'Eddie désignait. Elle avança lentement vers l'endroit qu'il lui montrait du doigt, le visage inexpressif alors qu'elle approchait du cadavre. Pendant quelques instants, elle resta clouée sur place. Puis elle repéra le couteau taché de sang à plat dans la neige. Elle se détourna de l'arme et du cadavre, soupira et déclara : « Pauvre Harriet.

— Ouais », acquiesça Eddie. Il était affalé contre la palissade. « C'est un coup dur pour Harriet. C'est… »

Il n'arriva pas à prononcer un mot de plus. Une vague de douleur lui arracha un gémissement. Il tomba sur les genoux et secoua lentement la tête. « Aïe… ça recommence », marmonna-t-il.

Il entendit la serveuse demander : « Qu'est-ce qui s'est passé ? »

Elle le surplombait. Il leva les yeux. Malgré la douleur

lancinante, la fatigue qui l'accablait, il parvint à sourire. « Tu le sauras en lisant les...

— Dis-moi tout, maintenant. » Elle s'agenouilla à côté de lui. « Il faut que je le sache tout de suite.

— Pourquoi ? » Il souriait, le visage penché au-dessus de la neige. Puis il gémit à nouveau, et son sourire s'effaça. « Ça change rien...

— Oh que si ! » Elle le secoua par les épaules. « Raconte-moi tout en détail. Je dois savoir où on en est.

— "On" ?

— Ouais, "on". Allez, raconte.

— Qu'est-ce que tu veux savoir ? Tu vois bien ce qui s'est...

— Regarde-moi. » Elle se rapprocha de lui alors qu'il relevait péniblement la tête. Elle s'exprimait doucement, sur un ton clinique. « Tombe pas dans les pommes. Reste avec moi. Il faut que tu me dises ce qui s'est passé ici.

— Ça a mal tourné...

— J'imagine bien. Le couteau, quoi ! C'est pas ton genre. Tu voulais simplement l'effrayer, le faire sortir du Hut, l'éloigner de moi. C'est bien ce qui s'est passé ? »

Il haussa les épaules. « Qu'est-ce que ça change...

— Arrête ça, le coupa-t-elle sévèrement. Je veux être sûre de bien comprendre. »

Il gémit à nouveau. Il toussa. « Je peux pas parler là.

— Il le faut pourtant. » Elle resserra sa prise sur ses épaules. « Il faut que tu me racontes.

— C'est... c'est rien qu'un plan foireux. Je pensais pouvoir le raisonner. Mais rien à faire. Il était trop fou. Il a couru vers moi, m'a attrapé et m'a pressé comme une éponge.

— Et le couteau ?

— Il était par terre. Je l'avais balancé pour qu'il sache que j'avais aucune intention de le planter. Mais il m'écrasait de tout son poids, j'étais à moitié mort entre ses bras, alors j'ai tendu la main et je suis tombé sur le couteau. J'ai visé son bras…

— Et ? Allez, continue…

— J'ai pensé qu'en le touchant au bras, il me lâcherait. Mais à ce moment-là, il a changé de position. Il a bougé trop vite et j'ai pas pu stopper mon geste. J'ai raté ma cible et il a pris la lame en pleine poitrine. »

Elle se leva et fronça les sourcils, pensive. Elle se dirigea vers la porte de la palissade, puis au bout d'un certain temps elle lui dit : « Tu veux parier ?

— Sur quoi ?

— Sur les chances que les flics te croient.

— Ils n'y croiront pas. Ils se fient qu'aux preuves. »

Elle ne répondit pas. Elle s'éloigna de la porte et se mit à marcher lentement en rond, tête baissée.

Au prix d'un effort considérable, il se souleva du sol, grognant et sifflant alors qu'il poussait sur ses genoux. Il s'adossa à la palissade et pointa du doigt le milieu de la cour où la neige était tachée de rouge. « C'est là, dit-il. Voilà ce qui s'est passé, et c'est moi le responsable. C'est tout ce qu'ils ont besoin de savoir.

— Mais, c'était pas ta faute.

— OK, je leur dirai. Je leur écrirai une lettre.

— Ouais. Bien sûr. D'où ?

— Je sais pas encore. Tout ce que je sais, c'est qu'il va falloir que je déguerpisse.

— T'es pas en état de prendre la route. »

Il baissa les yeux sur la neige. « Ou alors, je creuse un trou et je me cache dedans.

— C'est pas juste. C'est pas ta faute.

— Écoute… dis-moi : où est-ce que je peux acheter un hélicoptère ?

— C'est sa faute à lui. Il a fait n'importe quoi.

— Ou une montgolfière, marmonna Eddie. Un gros ballon dirigeable pour quitter la ville.

— Fastoche !

— Ouais, de la tarte. »

Elle tourna la tête et s'adressa au cadavre. « Sale type.

— Dis pas ça.

— Pauvre imbécile, souffla-t-elle à l'attention du mort. Regarde un peu ce que t'as fait.

— Arrête, lâcha Eddie. Et par pitié, dégage d'ici. S'ils te trouvent avec moi…

— C'est pas au programme. » Elle lui fit signe d'approcher en désignant la porte.

Il hésita. « Ils sont partis ?

— Ils ont dépassé Spaulding Street. Ils sont dans la ruelle suivante. C'est pour ça que je suis revenue. Je savais que vous deviez être dans une de ces cours. »

Elle se dirigea vers la porte de la palissade, devant laquelle elle l'attendit. Il avançait très lentement, courbé en deux, les mains serrées autour du corps.

« Tu vas y arriver ? lui demanda-t-elle.

— J'en sais rien. Je crois pas.

— Accroche-toi. Tu vas y arriver.

— Jette un œil dans la rue. Assure-toi que la voie est libre. »

Elle se pencha en avant pour balayer la ruelle du regard. « C'est bon. Viens. »

Il fit encore quelques pas vers elle. Puis ses genoux se dérobèrent et il commença à s'effondrer. Elle le retint par les aisselles. « Allez, l'encouragea-t-elle. Allez, allez. Tu te débrouilles bien.

— Ouais. Comme un chef. »

Elle le soutenait tout en le forçant à avancer. Ils sortirent de la cour pour s'engager dans la ruelle. Ils allaient dans la direction du Hut. Il l'entendit dire : « Y a plus personne là-bas. Ils sont tous de l'autre côté de Spaulding Street. Je pense qu'on a une chance de s'en sortir…

— Arrête de dire "on".

— … si on arrive au Hut…

— Écoute, y a pas de "on" qui tienne. Ça me plaît pas trop, cette histoire de "on".

— Arrête. Dis pas ça.

— Je me débrouille mieux tout seul.

— C'est ça, lâcha-t-elle entre ses dents serrées, vaut mieux entendre ça que d'être sourde.

— Écoute, Lena… » Il tenta faiblement de se dégager.

Elle resserra sa prise sous ses aisselles. « Allez, allez, on avance. On va y arriver. »

Eddie avait les yeux fermés. Il se demanda si Lena et lui étaient immobiles ou s'ils marchaient. Peut-être qu'ils dérivaient simplement dans la neige, portés par le vent. Il n'avait aucun moyen de savoir. Tu t'affaiblis encore, remarqua-t-il. Et, en pensée, il dit à la serveuse : Laisse-moi, laisse-moi. Tu vois pas que je veux dormir ? Tu peux pas me foutre la paix ? Excusez-moi, mademoiselle, mais qui êtes-vous ? Qu'est-ce que vous manigancez ?

« On est presque arrivés », annonça-t-elle.

Arrivés où ? Qu'est-ce qu'elle raconte ? Où est-ce qu'elle m'emmène ? Dans un endroit sombre, je parie. Bien sûr, c'est ça l'arnaque. On va me dépouiller. Et peut-être même me fracasser le crâne, si c'est pas déjà fait. Mais pourquoi tu te plains comme ça ? Les autres aussi ont des problèmes. Bien sûr, tout le monde a des problèmes. Sauf les gens qui vivent dans cet endroit où il fait toujours beau. Un bled qu'apparaît sur aucune carte et qui s'appelle Plan-Plan-la-Routine. J'y suis allé, je connais et je te le dis, mec, c'était rien que du bonheur. Là-bas, les choses tournaient à un rythme régulier, c'était moi au piano et tout le reste me glissait dessus. Jusqu'à ce que ça se complique. À cause d'elle. La voilà qui débarque, avec son petit minois et son corps parfait, et en deux temps trois mouvements, t'es complètement accro. Et elle t'a tellement bien ferré que t'arrives pas à te dégager. Maintenant t'es dans son panier de pêche et tu vas pas tarder à plonger dans l'huile bouillante. En même temps, c'est mieux que de se les geler. Il caille ici. Mais… on est où d'ailleurs ?

Il était par terre, dans la neige. Elle l'aida à se relever. Il lui tomba dessus, vacilla dans l'autre sens, traversa la ruelle et finit par percuter un bout de palissade. Alors il s'écroula. Elle le souleva à nouveau pour le remettre sur pied. « Bon sang, s'écria-t-elle, réveille-toi. » Elle se pencha, prit de la neige dans sa main et la frotta sur le visage d'Eddie.

Qui a fait ça ? se demanda-t-il. Qui a frappé qui, hein ?

Qui a frappé Frank au front à grands coups de coupe colonel ? C'est toi, George ? Écoute, George, si c'est comme ça, il va falloir que je te rende la pareille.

Il balança son poing à l'aveuglette et faillit l'atteindre au visage, avant de s'effondrer. Elle le rattrapa. Pendant quelques instants, il se débattit. Puis il s'affaissa dans ses bras. Elle le contourna pour se placer derrière lui et, les bras serrés autour de sa poitrine, le souleva. « Allez, marche, dit-elle. Marche, imbécile.

— Arrête de pousser, marmonna-t-il, les yeux clos. Pourquoi tu me pousses ? J'ai des jambes…

— Sers-t'en alors », ordonna-t-elle. Elle lui donnait des coups de genou pour le faire avancer. « Pire qu'un ivrogne », grommela-t-elle en le poussant plus fort alors qu'il essayait de s'appuyer contre elle. Ils avancèrent en titubant sous la neige qui tombait dru. Ils dépassèrent quatre portes dans la palissade. Lena mesurait la distance qui les séparait du Hut au nombre de portes sur le côté gauche de la ruelle. Il en restait six lorsqu'il tomba à nouveau. Il s'écroula à plat ventre dans la neige, l'entraînant avec lui dans sa chute. Elle se releva et essaya de le soulever, mais cette fois n'y parvint pas. Elle recula et prit une grande inspiration.

Elle plongea la main dans son manteau. Elle sortit de sous son tablier une épingle à chapeau de quinze centimètres de long. Elle l'enfonça dans le mollet d'Eddie. Puis elle remit ça, le piquant plus fort. Il marmonna : « Y a un truc qui me mord » et elle répondit : « Tu sens quelque chose ? » Elle se servit encore une fois de l'instrument. Il leva les yeux vers elle. « Tu t'amuses bien ?

— Comme une petite folle », répliqua-t-elle. Elle lui montra l'épingle à chapeau. « Encore ?

— Non.

— Lève-toi, alors. »

Il fit un effort. Elle se débarrassa de l'épingle et aida le pianiste à se relever. Ils continuèrent à remonter la ruelle vers la porte de service du Hut.

Elle réussit à le maintenir sur ses jambes pendant qu'ils entraient dans le bar, traversaient les pièces du fond puis descendaient, très lentement, les marches de la cave. Au sous-sol, elle le porta tant bien que mal vers les caisses de whisky et les cartons de bières empilés. Elle le posa délicatement au sol, puis le traîna derrière la réserve de bouteilles. Il était couché sur le côté, marmonnant de façon incohérente. Elle lui secoua l'épaule. Il ouvrit les yeux. Elle lui dit à voix basse : « Écoute-moi. Tu vas attendre ici. Tu vas pas bouger. Tu vas pas faire de bruit. C'est clair ? »

Il acquiesça d'un léger signe de la tête.

« Je pense que tu crains rien ici. Pour le moment, en tout cas. Ils vont fouiller tout le quartier pour essayer de vous retrouver, toi et Plyne. Ils vont évidemment tomber sur Plyne. En repassant dans la ruelle, ils vont le voir. Ensuite, les flics vont débarquer et se lancer à ta recherche. Mais je pense pas qu'ils viendront ici. À moins qu'ils aient un coup de génie. Donc, on a peut-être une chance...

— Tu parles d'une chance », murmura-t-il. Il avait un sourire ironique. « Qu'est-ce que je vais faire, passer l'hiver ici ? »

Elle détourna le regard. « J'espère pouvoir te faire sortir ce soir.

— Et après ? On va faire une promenade dans le quartier ?

— Avec un peu de chance, on aura pas à marcher.

— On va partir en trottinette ? Ou en luge ?

— En voiture. Je vais essayer d'en emprunter une…

— À qui ? demanda-t-il. Qui a une voiture ?

— Ma propriétaire. » Puis elle détourna une nouvelle fois le regard.

Il s'exprima sans se presser, en observant son visage. « Elle doit drôlement bien t'aimer, ta proprio. »

Elle resta muette.

Il demanda : « Comment tu comptes t'y prendre ?

— Je sais où elle range ses clés.

— Formidable ! Ça, c'est une idée en or. Par contre, fais-moi plaisir. Fais pas ça.

— Mais, écoute…

— Laisse tomber, répéta-t-il. Et merci pour tout. »

Puis il se tourna sur le côté, lui présentant son dos.

« D'accord, dit-elle très calmement. Dors, je reviendrai te voir plus tard.

— Non. » Il se dressa sur un coude. Il tourna la tête et la regarda. « Je te le demande gentiment. Reviens pas. »

Elle lui souriait.

« Je plaisante pas », insista-t-il.

Elle lui souriait toujours. « À bientôt.

— Je t'ai demandé quelque chose.

— À plus tard, souffla-t-elle en se dirigeant vers l'escalier.

— Je serai plus là, lui cria-t-il. Je serai…

— Tu vas m'attendre », le gronda-t-elle. Elle se retourna pour le regarder. « Tu vas rester ici et m'attendre. »

Il colla sa tête contre le sol en ciment. Il était froid. Contrairement à l'air environnant. La chaudière se trouvait à moins de trois mètres. Il sentit la tiédeur l'envahir et il ferma les paupières. Il entendit les pas de Lena qui remontait l'escalier de la cave. C'était un son agréable qui se mêlait à la chaleur. Tout cela était très réconfortant et il se dit : Elle va revenir, elle va revenir. Puis il s'endormit.

13

Il sommeilla pendant six heures. Puis la main de Lena se posa sur son épaule et le secoua. Il ouvrit les yeux et se redressa. Il l'entendit chuchoter : « Silence… pas un bruit. Les flics sont là-haut. »

Il faisait noir dans la cave. Il ne pouvait même pas discerner le contour du visage de la serveuse. Il lui demanda : « Quelle heure il est ?

— Vingt-deux heures trente, à la louche. T'as bien dormi.

— Ça sent le whisky.

— C'est moi. J'ai bu quelques verres avec les flics.

— À leurs frais ?

— Non, ils paient jamais. Ils sont collés au comptoir. Le barman est lessivé et les laisse boire à l'œil depuis des heures.

— Quand est-ce qu'ils l'ont trouvé ?

— Juste avant la tombée de la nuit. Des gamins sont sortis de la maison pour faire une bataille de boules de neige. Ils l'ont vu dans la cour.

— Qu'est-ce que c'est ? demanda-t-il en sentant quelque chose de lourd contre son bras. Qu'est-ce que t'as apporté ?

— Ton pardessus. Enfile-le. On sort.

— Maintenant ?

— Tout de suite. On va prendre l'échelle et sortir par le soupirail.

— Et après ?

— La voiture. Je l'ai.

— Écoute, je t'ai dit…

— Tais-toi ! Allez, on y va. Lève-toi. »

Elle l'aida à se hisser. Il s'y prit très lentement, avec précaution. Il craignait de se cogner contre les caisses en bois et les cartons de bières. Il murmura : « J'ai besoin d'une allumette.

— J'en ai. » Elle en gratta une. À la lueur orange de la flamme, ils se regardèrent. Il lui adressa un sourire. Qu'elle ne lui rendit pas. « Enfile ça », fit-elle en indiquant le pardessus.

Il revêtit le manteau, puis la suivit vers l'échelle de fer fixe qui montait jusqu'au soupirail. L'allumette s'éteignit et elle en gratta une autre. Lorsqu'ils arrivèrent près de l'échelle, elle se retourna pour le regarder. « Tu penses pouvoir grimper ?

— Je vais essayer.

— Tu vas y arriver. Tiens-toi à moi. »

Il se posta derrière elle quand elle se mit à monter. Il s'accrocha à sa taille. « Serre plus fort », lui conseilla-t-elle. En grattant une autre allumette, elle déclara : « Pose ta tête contre moi… reste bien collé. Quoi que tu fasses, me lâche pas. »

Ils gravirent quelques barreaux. Ils se reposèrent. Quelques échelons de plus, et ils firent une nouvelle pause. Elle lui demanda : « Comment ça va ? » et il murmura : « Je suis toujours là.

— Serre-moi plus fort.

— C'est pas trop fort ?

— Non. Serre-moi bien… comme ça », et elle ajusta ses bras autour de sa taille. « Enlace tes doigts, lui dit-elle. Appuie fort contre mon ventre.

— Là ?

— Plus bas.

— Comme ça, ça va ?

— C'est bon. Accroche-toi, maintenant. Accroche-toi bien. »

Ils continuèrent à monter. Lena alluma d'autres allumettes en les frottant contre les parois rouillées de l'échelle. Dans la lueur, Eddie regarda au-delà de la tête de la serveuse et aperçut le dessous du soupirail. Il semblait très éloigné.

Quand ils furent à mi-chemin, le pied d'Eddie glissa sur un barreau. Son autre pied commença à prendre la tangente, mais il s'accrocha à Lena aussi fermement que possible et réussit à se stabiliser. Puis ils reprirent leur ascension.

Mais à présent, ce n'était plus de la grimpette. Il la tirait carrément vers le bas. Au sens propre comme au figuré, s'exaspéra-t-il. Tu la tires vers le bas, t'es un vrai fardeau, et c'est que le début. Plus elle va rester avec toi, pire ce sera. Ça fait pas un pli. Tu peux déjà la voir se faire arrêter pour complicité de meurtre. Puis ils vont l'accuser de vol de voiture. À ton avis, combien d'années de prison ils vont lui coller ? Je dirais trois ans, au moins. Peut-être cinq.

En voilà un bel avenir pour cette femme. Mais tu pourrais peut-être arrêter les frais avant qu'il soit trop tard. Tu pourrais faire quelque chose pour la sortir de ce pétrin et la renvoyer chez elle.

Qu'est-ce que tu pourrais inventer ?

Tu peux pas lui parler, en tout cas. Tu sais qu'elle va te dire de la fermer. Impossible de discuter avec elle. C'est une vraie tête de pioche. Quand elle a décidé quelque chose, y a pas moyen de la raisonner.

Tu pourrais pas te détacher d'elle ? Tu pourrais pas la lâcher et te laisser tomber de l'échelle ? Le bruit attirerait les flics. Est-ce qu'elle s'enfuirait avant qu'ils débarquent ? Tu sais bien que non. Elle resterait avec toi jusqu'au bout. Elle est faite de ce genre d'étoffe. On en rencontre pas tous les jours, des gens de cette trempe. Peut-être une fois dans sa vie. Deux fois, tout au plus. Impossible d'oublier la première. D'ailleurs tu l'oublieras jamais. Mais aujourd'hui, t'as droit à un retour de flamme, sauf que ça se passe pas seulement dans ta tête : elle est bel et bien vivante. Vivante et collée contre toi. Tu la tiens très fort. Tu penses pouvoir la lâcher un jour ?

Il entendit la serveuse répéter : « Accroche-toi... »

Puis le bruit du soupirail. Elle était en train de pousser la grille. Elle s'y prenait très calmement, centimètre par centimètre. Au fur et à mesure que le soupirail se soulevait, l'air froid s'engouffrait dans le sous-sol et des flocons de neige venaient piquer le visage d'Eddie comme des aiguilles. Dès qu'ils eurent la place de passer, Lena se contorsionna pour se faufiler par l'ouverture, entraînant Eddie avec elle. La grille pesa sur ses épaules, puis sur son dos, et enfin sur les épaules d'Eddie qui suivait la serveuse dans le passage. Lena retint la grille, puis ils se retrouvèrent tous deux à genoux sur le trottoir et elle referma le soupirail.

De la fenêtre latérale du Hut s'échappait une lumière jaune qui brillait faiblement dans l'obscurité de la rue. Dans cette lueur, il aperçut la neige qui tombait, agitée par le vent. C'est pas une simple tempête de neige, pensa-t-il. C'est un blizzard.

Ils étaient debout et elle le tenait par le poignet. Ils rasèrent le mur du Hut en direction de l'ouest, jusqu'à Fuller Street. En jetant un coup d'œil, il vit les voitures de police garées le long du trottoir. Il en dénombra cinq. Il y en avait deux autres encore de l'autre côté de la rue. La serveuse était en train de parler : « Y a personne dans les caisses. J'ai vérifié avant. » Il commença à dire : « Si un flic sort du Hut... » et elle l'interrompit en déclarant : « Ils bougeront pas. Ils boivent à l'œil. » Mais il savait qu'elle n'en était pas sûre. Il savait qu'elle croisait les doigts.

Ils franchirent une rue étroite. Le blizzard s'abattit sur eux comme une immense porte battante faite de glace. Pliés en deux, ils luttaient contre le vent. Ils restèrent sur FullerStreet pendant quelques dizaines de mètres encore, puis à l'angle d'une autre rue étroite, elle annonça : « On tourne ici. »

Il y avait plusieurs voitures garées et quelques vieux fourgons. Au bout de plusieurs dizaines de mètres, ils tombèrent sur une vieille Chevrolet, un modèle d'avant-guerre. Les ailes étaient abîmées et une grande partie de la peinture écaillée. C'était une berline à deux portes, mais elle lui faisait l'impression d'une mule renfrognée et éreintée. Un vrai bolide, ironisa-t-il pour lui-même, et il se demanda comment elle avait réussi à la faire démarrer. Elle ouvrit la portière et lui fit signe de monter.

Alors il s'adossa à la banquette avant et elle se glissa derrière le volant. Elle appuya sur le démarreur. Le moteur hoqueta, commença à tourner et s'arrêta. Elle essaya de nouveau. Dans un sifflement laborieux, le moteur démarra presque, mais s'éteignit. La serveuse lâcha un juron.

« Il fait trop froid, dit Eddie.

— J'ai jamais eu de problème avant, rouspéta-t-elle. Elle démarre toujours au quart de tour.

— Il fait vraiment trop froid.

— Je vais y arriver. »

Elle enfonça la pédale de starter. Le moteur fit un effort considérable, faillit démarrer, puis renonça.

« C'est peut-être un mal pour un bien », commenta-t-il.

Elle le regarda. « Qu'est-ce que ça veut dire ?

— Même si la bagnole finit par démarrer, on ira pas bien loin. Les flics vont recevoir une plainte pour vol de voiture et, généralement, ils laissent pas traîner.

— Pas cette fois-ci. Pour cette bagnole, y aura personne pour déposer de plainte avant demain matin, pas avant que ma propriétaire se réveille et qu'elle jette un coup d'œil par sa fenêtre. Je me suis assurée qu'elle dormait avant de prendre la clé. »

Tout en s'expliquant, elle appuya à nouveau sur le démarreur. Le moteur capta l'étincelle, peina à la maintenir, la perdit presque, puis tourna faiblement au ralenti. Elle appuya sur l'accélérateur et il réagit. Elle desserra le frein et s'apprêtait à attraper le levier de vitesse lorsque deux faisceaux de lumière vive débouchèrent à toute allure de Fuller Street. « Baisse-toi, siffla-t-elle alors que les phares de l'autre voiture se rapprochaient. Baisse la tête... »

Ils plongèrent sur la banquette. Eddie entendit le bruit du moteur de l'autre voiture s'approcher ; le bolide les frôla pour finalement les dépasser et s'éloigner. Comme il relevait la tête, un autre son le surprit. C'était la serveuse qui riait.

Il la regarda avec curiosité. Elle riait de bon cœur.

« Décidément, ils sont tenaces, dit-elle.

— Les flics ?

— C'était pas les flics. C'était une Buick. La Buick vert pâle. J'ai jeté un œil vite fait...

— T'es sûre que c'était eux ? »

Elle acquiesça, riant encore. « Les deux drôles d'oiseaux. Y en a un qui s'appelle Morris et l'autre... c'est comment déjà ?

— Feather.

— Ouais, Feather, le plus petit. Et Morris, la mouche du coche. Feather et Morris, la SARL.

— Tu trouves ça drôle ?

— Hilarant. De les imaginer encore en train de tourner en rond... » Elle se remit à rire. « Je parie qu'ils ont fait le tour du quartier une bonne centaine de fois. Je peux même les entendre se prendre la tête à ce sujet et s'engueuler. Ou peut-être que maintenant ils s'adressent même plus la parole. »

Je suis bien content que ça la fasse rire, pensa-t-il. C'est bon de savoir qu'elle arrive à prendre les choses à la légère. Mais le problème, c'est qu'il ne faut pas sous-estimer Feather et Morris. Il y a des chances qu'ils l'aient repérée quand elle a levé la tête. C'est pas les deux imbéciles qu'elle imagine. C'est des professionnels, faut pas l'oublier. Deux professionnels qui en ont après ton frangin… ou disons, pour être plus précis, qu'ils sont sur ta piste pour retrouver Turley, qui lui-même devrait les conduire à Clifton, pour qu'enfin ils puissent mettre la main sur ce qu'ils cherchent. Quoi que ce soit, ça se trouve dans le South Jersey, dans une vieille ferme au fond des bois. Mais d'après eux, cette ferme, c'est pas une résidence. C'est une planque.

Et c'est bien le cas. Une planque, la planque parfaite, dont même la poste ignore l'adresse. T'as envoyé toutes tes lettres à une boîte postale située dans cette petite ville à quinze bornes de là. Tu sais, je crois reconnaître un certain schéma. C'est un cercle vicieux. En fait, tu te barres et tu tentes de t'éloigner coûte que coûte, mais d'une manière ou d'une autre, tu te fais entraîner dans cette spirale qui te ramène à ton point de départ. Eh bien, je suppose que c'est dans l'ordre des choses. Et te voilà en première position sur la liste des personnes recherchées à Philadelphie. Faut quitter la ville. Filer vers cet endroit où ils te trouveront jamais. Cette ferme au fin fond des bois du South Jersey. La planque du duo Clifton-Turley, sauf que maintenant c'est celle du trio Clifton-Turley-Eddie, les tristement célèbres frères Lynn.

Et donc, le voilà, le fameux schéma. Avec un fond sonore pour faire bonne mesure. Plus vraiment de la musique douce. Plus vraiment de la musique légère et éthérée qui t'éloigne de tout. Cette nouvelle bande-son, c'est un bourdonnement de frelons. C'est clair. Tu les entends gronder de plus en plus fort ?

C'était le bruit du moteur de la Chevrolet. La voiture roulait à présent. La serveuse jeta un coup d'œil en direction d'Eddie, comme si elle s'attendait à ce qu'il dise quelque chose. La bouche du pianiste se pinça et il regarda droit devant lui à travers le pare-brise. Ils approchaient de Fuller Street.

Il parla doucement. « Tourne à droite.

— Et après ?

— Le pont. Le Delaware River Bridge.

— Vers le South Jersey ? »

Il acquiesça d'un signe de la tête. « Vers les bois », dit-il.

14

Dans le New Jersey, à trente kilomètres au sud de Camden, la Chevrolet s'arrêta dans une station-service. La serveuse fouilla dans la poche de son manteau et sortit l'argent que Harriet lui avait donné pour la semaine. Elle demanda au pompiste de faire le plein et acheta de l'antigel. Puis elle voulut se faire poser des chaînes. Le pompiste lui lança un regard noir. Il n'était pas enchanté à l'idée de devoir les installer, exposé au vent glacial et à la neige. « C'est vraiment une sale nuit pour rouler », commenta-t-il. Elle acquiesça avant d'ajouter : « En revanche, c'est une belle nuit pour vendre des chaînes. » Elle récolta le même regard noir. Elle lui demanda de s'y mettre. Pendant qu'il travaillait sur les pneus, elle se rendit aux toilettes. En sortant, elle acheta un paquet de cigarettes au distributeur. Dans la voiture, elle en donna une à Eddie, qu'elle lui alluma. Il ne la remercia pas. Il ne semblait pas savoir qu'il avait une cigarette à la bouche. Il était assis très droit et regardait fixement devant lui.

Le pompiste avait fini de poser les chaînes. Il respirait avec difficulté quand il s'approcha de la vitre de la voiture.

Il mit les mains en coupe et souffla dedans. Il frissonna, tapa des pieds, puis jeta un regard hostile à la serveuse. Il lui demanda si elle désirait autre chose. Elle répondit qu'elle voulait qu'il s'occupe des essuie-glaces. Ils fonctionnent pas très bien, lui expliqua-t-elle. Le pompiste leva les yeux vers le ciel obscur et froid, puis il inspira profondément. Alors il souleva le capot et examina la pompe d'alimentation et les tuyaux qui en sortaient, reliés aux essuie-glaces. Il trifouilla le système et dit : « Mettez-les en marche pour voir. » Elle s'exécuta, et les essuie-glaces s'activèrent beaucoup plus vite qu'auparavant. Alors qu'elle le réglait, le pompiste grogna : « Vous êtes sûre d'avoir tout ce qu'il vous faut ? Vous avez rien oublié ? » La serveuse réfléchit un instant. Puis elle déclara : « On aurait bien besoin d'un petit remontant. » Le pompiste battit des pieds, frissonna à nouveau et s'exclama : « Moi aussi, madame ! » Elle regarda le billet qu'elle tenait dans sa main et grommela : « Vous en auriez à nous vendre ? » Il secoua la tête d'un air hésitant. Elle lui montra un billet de cinq dollars. « Eh bien, dit-il, j'ai bien une flasque de quelque chose. Mais je suis pas sûr que ça vous plaise. C'est un alcool maison, fait à partir de maïs...

— Je vous la prends », déclara-t-elle. Le pompiste se précipita dans la petite station-service. Il en ressortit avec la bouteille enveloppée dans un vieux journal. Il la tendit à la serveuse, qui la passa à Eddie. Elle paya l'alcool. Le pompiste rangea l'argent dans sa poche et resta à la vitre de la voiture, attendant que Lena mette son moteur en marche, s'en aille et sorte de sa vie. Elle lui lança, ironique : « De rien », avant de remonter la vitre et démarrer.

Les chaînes furent d'un grand secours, tout comme les essuie-glaces réparés. La Chevrolet avait roulé à une moyenne de trente-cinq kilomètres-heure. À présent, Lena n'avait plus peur de déraper ni de heurter quoi que ce soit, et elle appuyait plus fort sur l'accélérateur. La voiture monta à cinquante, puis soixante kilomètres-heure. Le véhicule se dirigeait vers le sud, empruntant la Route 47. Le vent soufflait du sud-est, de l'Atlantique, et la Chevrolet l'affrontait avec une sorte de pugnacité, le vieux moteur fatigué répondant bruyamment au hurlement du blizzard comme pour le défier. La serveuse se pencha sur le volant et enfonça la pédale d'accélérateur. L'aiguille du compteur grimpa à soixante-cinq.

Lena se sentait bien. Elle s'adressa à la Chevrolet : « Tu veux monter à quatre-vingt ? Allez, tu peux y arriver.

— Non, c'est pas possible », trancha Eddie. Il était en train de boire au goulot. Ils avaient tous les deux avalé plusieurs gorgées, et la bouteille était au tiers vide.

« Je te parie que si », lança la serveuse. L'aiguille du compteur monta vers les soixante-dix kilomètres-heure.

« Arrête de déconner, la prévint Eddie. Tu la pousses trop.

— Elle peut encaisser. Allez, chérie, montre-lui. Vas-y, ma fille. C'est bien, ma grande. Si tu continues comme ça, tu vas battre un record.

— Elle va couler une bielle, tu parles d'un record », rétorqua Eddie d'un ton ferme, les dents serrées.

La serveuse lui décocha un regard.

« Garde les yeux sur la route », dit-il d'une voix grave et dure.

« Qu'est-ce qui te prend ? demanda la serveuse.

— Regarde la route. » Il grognait à présent. « Mais regarde la route, bordel. »

Elle allait dire quelque chose, mais se retint, puis concentra toute son attention sur le bitume. Elle n'appuyait plus aussi lourdement sur la pédale d'accélérateur, et la voiture ne roulait plus qu'à soixante kilomètres-heure. Alors que la Chevrolet traçait à cette allure, la main de Lena se détacha du volant, sa paume tendue réclamant la bouteille. Eddie la lui passa. Elle en prit une gorgée et la lui rendit.

Il avisa la bouteille et se demanda s'il pouvait encore boire. Il décida que oui. Il renversa la tête en arrière et porta le goulot à sa bouche.

Le liquide semblait lui couler le long du gosier sans qu'il s'en rende compte. Il ne sentait pas la brûlure de l'alcool dans sa gorge, ni le coup de fouet de la boisson descendant dans ses entrailles. Il était en train d'avaler une grande goulée, sans bien savoir tout ce qu'il ingurgitait.

La serveuse lui jeta un coup d'œil pendant qu'il buvait. Elle s'écria : « Bon sang… »

Il retira la bouteille de sa bouche.

« T'as une idée de ce que tu viens de siffler ? Je parie que ça équivalait à deux doubles doses. Peut-être trois. »

Il ne daigna pas la regarder. « Ça te gêne pas, j'espère ?

— Non, pas de problème. Pourquoi ça me gênerait ?

— T'en veux ? » Il lui proposa la bouteille.

« J'ai mon compte. »

Il sourit en regardant la bouteille. « C'est de la bonne.

— Qu'est-ce que t'en sais ? Tu bois jamais.

— Je vais te dire un truc. C'est même de la très bonne.

— Tu commences à planer ?

— Non. Au contraire. C'est pour ça que je l'aime bien, ce tord-boyaux-là. » Il tapota la bouteille avec tendresse. « Il me permet de garder les pieds sur terre. Avec lui, je m'en tiens aux faits.

— Qui sont ?

— Je te le dirai plus tard.

— Vas-y maintenant.

— C'est pas le moment. Tu sais, c'est comme en cuisine. Tu peux pas servir un plat avant qu'il soit prêt. Et là, il faut que ça mijote encore un peu.

— Tu mijotes dans l'eau-de-vie, c'est vrai... Si tu continues à ce rythme-là, tu vas te cramer la cervelle.

— T'inquiète pas. Je contrôle. Comme toi qui contrôles cette voiture et m'amènes à bon port. »

Elle resta silencieuse pendant quelques instants. Puis elle lança : « Peut-être que je vais la prendre, cette gorgée, après tout. »

Il lui passa la bouteille. Elle but prestement, puis fit rapidement descendre sa vitre et balança la bouteille.

« Pourquoi t'as fait ça ? »

Elle resta muette. Elle appuya plus fort sur l'accélérateur et le compteur monta à soixante-cinq kilomètres-heure. Ils n'échangèrent plus une parole et regardèrent droit devant eux. Plus tard, à un rond-point, elle lui jeta un coup d'œil interrogateur et il lui indiqua la route à prendre. Ils redevinrent silencieux jusqu'à l'intersection suivante. Il lui dit de tourner à gauche. Ils s'engagèrent alors sur une route étroite et roulèrent pendant environ dix kilomètres, puis la voiture ralentit à l'approche d'une patte-d'oie qui débouchait sur deux autres voies encore plus resserrées. Il lui désigna la route de gauche, celle qui s'enfonçait brusquement dans les bois.

La route était cahoteuse. Comme elle était pleine de nids-de-poule profonds, Lena réduisit la vitesse à vingt-cinq kilomètres-heure. Les hautes congères résistaient aux pneus avant et, par moments, on aurait dit que la voiture allait caler. Lena rétrograda en première, jouant avec le starter pour maintenir une alimentation régulière. La voiture s'enfonça dans un trou très profond, réussit tant bien que mal à en sortir, et passa en force au travers d'une immense congère. Sur leur droite apparut un chemin de terre. Eddie lui demanda de l'emprunter.

Ils continuèrent leur progression à une moyenne de quinze kilomètres-heure. Le chemin de terre n'était pas très praticable. Il y avait beaucoup de virages et par endroits, le tracé était presque invisible tellement la neige le recouvrait. Lena s'efforçait de maintenir la voiture sur la voie et à l'écart des arbres.

La Chevrolet roulait au pas. Pendant plus d'une heure, elle s'enfonça dans les bois en suivant le chemin sinueux. Puis, brusquement, il céda la place à une clairière. Elle était assez grande, d'une largeur d'environ soixante-quinze mètres. Les phares éclairèrent la neige et dévoilèrent en son centre une très vieille maison en bois.

« Arrête la voiture, fit-il.

— On est pas encore arrivés...

— Tu m'entends ou quoi ? s'emporta-t-il. Je t'ai dit d'arrêter la voiture. »

La Chevrolet se trouvait dans la clairière, le nez pointant

en direction de la maison. Eddie tendit la main et tira sur le frein à main. La voiture s'arrêta à trente mètres de l'habitation.

Eddie avait les doigts sur la poignée de la portière. Il entendit la serveuse demander : « Qu'est-ce que tu fais ? »

Il ne lui répondit pas. Il était en train de sortir de la voiture.

La serveuse le retint. « Réponds-moi...

— On se sépare. » Il ne lui adressa pas un regard. « Toi, tu retournes à Philadelphie.

— Regarde-moi. »

Il en était incapable. L'alcool t'a donné des forces, mais pas assez, pensa-t-il. T'aurais dû boire un peu plus. Beaucoup plus. Peut-être que si t'avais fini la bouteille, t'aurais été capable de gérer ça.

Il s'entendit dire : « Je vais t'expliquer comment retourner au pont. Tu vas suivre la route jusqu'à cette patte-d'oie...

— Pas la peine de te fatiguer. Je vois très bien la route.

— T'es sûre ?

— Oui, oui. T'inquiète pas. »

Il tenta de nouveau de sortir de la voiture, tout en se maudissant intérieurement. Il se motiva, se disant qu'il fallait en finir une fois pour toutes. Vite fait, bien fait. Mais il avait beaucoup de mal à franchir le cap.

« Eh bien ? demanda calmement la serveuse. Qu'est-ce que t'attends ? »

Il tourna la tête et la regarda. Quelque chose brûlait dans les yeux d'Eddie. Il avait envie de lui dire : Tu sais que je veux que tu restes avec moi. Mais vu la situation, c'est pas la peine.

« Merci de m'avoir accompagné », lâcha-t-il avant de sortir de la voiture et de claquer la portière.

Alors qu'il restait planté dans la neige, la voiture s'éloigna, fit demi-tour et repartit vers le chemin dans les bois.

Il marchait lentement à travers la clairière. Dans l'obscurité, il pouvait à peine discerner les contours de la maison. Elle lui semblait à des kilomètres et il se dit qu'il allait s'effondrer avant d'y arriver. Il pataugeait dans une neige épaisse. Des flocons tombaient en abondance et le vent le frappait de plein fouet, lui tailladant le visage, lui déchirant la poitrine. Il se demanda s'il ne ferait pas mieux de s'asseoir dans la neige pour se reposer un peu. C'est alors que le faisceau d'une lampe de poche l'éblouit.

La lumière provenait de l'avant de la maison. Il entendit une voix lui ordonner : « Bouge pas, mon pote. Reste où t'es. »

C'est Clifton, pensa-t-il. Oui, c'est bien lui. Je reconnais sa voix. Et forcément, il est armé. Tu ferais bien de faire attention.

Eddie resta immobile. Il leva les bras au-dessus de la tête. Mais l'éclat de la lampe de poche était trop vif pour ses yeux et il dut détourner le regard. Il se demanda si son visage était suffisamment visible pour être reconnu.

« C'est moi. C'est Eddie.

— Eddie ? Eddie qui ? »

Il garda les yeux ouverts en dépit de l'éclat de la lumière, afin de présenter tout son visage à son frère.

« Eh ben, ça alors...

— Salut, Clifton.

— Bon sang ! » s'écria l'aîné. Il s'approcha, tenant la lampe de poche de manière qu'ils puissent se regarder l'un l'autre. Clifton était grand et longiligne. Brun aux yeux bleus, il était plutôt beau, si on faisait abstraction de ses cicatrices. Il en avait plusieurs sur le côté droit du visage. L'une d'elles, large et profonde, partait juste sous son œil et s'étirait jusqu'à sa mâchoire. Clifton était vêtu d'un pardessus en poil de chameau de couleur crème avec des boutons en nacre. Sous ce manteau, il portait un pyjama en flanelle. Le pantalon était rentré dans des bottes en caoutchouc qui lui arrivaient aux genoux. Il tenait la torche dans la main gauche ; et dans la droite, un fusil dont le canon scié reposait sur son avant-bras.

Clifton balaya la clairière avec la lampe, éclairant le chemin qui s'enfonçait dans les bois. Il grommela : « T'es seul ? Il y avait une voiture…

— Il est parti.

— C'était qui ?

— Un ami. C'est tout. »

Clifton continuait à braquer la torche sur la clairière. Il plissa les yeux, scrutant la zone à l'orée des bois. « J'espère qu'on vous a pas repérés. Y a des gens qui nous recherchent, Turley et moi. Je suppose qu'il t'en a parlé. Il m'a dit qu'il t'avait vu la nuit dernière.

— Il est là ? Il est rentré quand ?

— Cet après-midi, lui apprit Clifton avant de se mettre à ricaner. Il est arrivé bien amoché, à moitié gelé… à moitié mort, en fait. Il a fait du stop puis il a marché le reste du chemin.

— À travers bois ? Dans cette tempête ? »

Clifton ricana de nouveau. « Tu connais Turley.

— Il va bien ?

— Ouais, ça va. Il s'est préparé à manger, il a bu une pinte de whisky et il s'est couché. »

Eddie fronça légèrement les sourcils. « Pourquoi il s'est fait à manger tout seul ? Où est Maman ?

— Elle est partie.

— Qu'est-ce que tu racontes ?

— Elle est partie avec Papa », expliqua Clifton. Il haussa les épaules. « Il y a quelques semaines. Ils ont pris leurs affaires et ils ont décampé.

— Ils sont partis où ?

— J'en ai aucune idée. On a pas eu de nouvelles. » Il haussa encore les épaules. Puis il ajouta : « Hé, ça caille dehors. Viens, on rentre. »

Ils se retrouvèrent dans la cuisine et Clifton mit une cafetière sur le feu. Eddie retira son pardessus et le posa sur une chaise. Il en poussa une autre vers la table et s'assit dessus. Les pieds fragiles et branlants, la chaise vacillait sous son poids. Il observa le plancher fendu de la cuisine et le plâtre écaillé des murs.

Il n'y avait pas d'évier dans la pièce. La lumière provenait d'une lampe à pétrole. Eddie regarda Clifton approcher une allumette enflammée des morceaux de bois dans le vieux poêle. Y a pas le gaz de ville ici, pensa-t-il. Ni l'eau ni l'électricité, d'ailleurs. Rien qui puisse relier la maison au monde extérieur. Et c'est ce qui la rend introuvable. C'est bel et bien une planque.

Une fois le poêle allumé, Clifton s'approcha de la table

et s'assit. Il sortit un paquet de cigarettes, lui administra une pichenette experte et deux cigarettes apparurent. Eddie en prit une. Ils fumèrent sans rien dire. Mais Clifton le fixait d'un air interrogateur, attendant que son frère lui explique la raison de sa présence.

Eddie n'était pas encore tout à fait prêt à en parler. L'espace d'un moment, d'un court instant au moins, il voulait oublier. Il tira une longue bouffée sur sa cigarette et dit : « Parle-moi de Maman et Papa. Pourquoi ils ont quitté la maison ?

— Aucune idée !

— Arrête. T'étais là quand c'est arrivé. »

Clifton s'adossa à sa chaise, tira une taffe et ne prononça pas un mot de plus.

« Tu leur as demandé de partir », déclara Eddie.

L'aîné secoua la tête.

« Tu les as mis à la porte comme ça, fit Eddie en claquant des doigts.

— Pas tout à fait. Je leur ai donné de l'argent.

— Ah bon ? C'est gentil. Très gentil de ta part. »

Clifton esquissa un petit sourire. « Tu crois que j'ai fait ça de gaieté de cœur ?

— Le truc, c'est que…

— Le truc, c'est que j'ai pas eu le choix.

— Pourquoi ?

— Parce que je les aime. Ce sont des gens bien. C'est pas un endroit pour des gens comme ça. »

Eddie tira sur sa cigarette.

« Et puis, ajouta Clifton, ils sont pas à l'épreuve des balles. » Il changea de position sur sa chaise, s'assit de profil et croisa les jambes. « Et même s'ils l'étaient, ça servirait pas à grand-chose. Ils vieillissent, et toute cette agitation, c'est pas bon pour eux. »

Eddie jeta un coup d'œil au fusil à canon scié noir et brillant qui se trouvait par terre. Il reposait aux pieds de son frère. Il regarda, au-dessus de la tête de Clifton, en direction d'une étagère sur laquelle se trouvaient un fusil identique, quelques armes de poing et plusieurs boîtes de munitions.

« Il va y avoir du remue-ménage par ici, déclara Clifton. J'espérais que ça n'arrive pas, mais je sens que ça va pas tarder. »

Eddie avait toujours les yeux rivés sur les armes et les munitions.

« Tôt ou tard, poursuivit Clifton, on va avoir de la visite.

— Une Buick ? grommela Eddie. Une Buick vert pâle ? »

Le visage de Clifton se contracta.

« Ils sont pas super discrets, les gars », déclara Eddie.

Clifton se pencha par-dessus la table et saisit le poignet d'Eddie. Ce n'était pas un geste belliqueux, il devait simplement se raccrocher à quelque chose.

Clifton clignait des yeux, comme s'il essayait de se concentrer sur le visage d'Eddie et de comprendre ce qu'il disait. « Les gars ? De qui tu parles ?

— De Feather et Morris. »

Clifton relâcha le poignet d'Eddie. Pendant près d'une minute, pas une parole ne fut échangée. Clifton tira une grande bouffée sur sa cigarette, recracha la fumée d'un coup et grogna : « Ah, ce Turley. Quel imbécile.

— C'est pas sa faute.

— Arrête. Lui cherche pas d'excuses. Ça a toujours été un crétin. Chaque fois, faut qu'il fasse tout foirer. Mais là, c'est le pompon. Vraiment, c'est le pompon !

— Il était dans la panade…

— Il se fout toujours dans la panade. Tu sais pourquoi ? Il est incapable de bien faire les choses, voilà pourquoi. » Clifton tira encore une fois sur sa cigarette. « Et, comme si ça suffisait pas d'avoir Feather et Morris à ses trousses, il t'a entraîné là-dedans. »

Eddie haussa les épaules. « C'est comme ça. Il y pouvait rien.

— Je voudrais bien que tu m'expliques : comment ça se fait qu'ils te soient tombés dessus, les gars ? Pourquoi t'es venu ici ? Raconte-moi tout. »

Eddie l'affranchit, allant droit aux faits.

« Bref, conclut-il. J'avais pas d'autre choix. J'avais nulle part ailleurs où aller. »

Clifton regardait dans le vide et secouait lentement la tête.

« Alors ? demanda Eddie. Je peux rester ? »

Son frère prit une grande inspiration. « Bon sang, marmonna-t-il en aparté. Bon sang de bonsoir !

— Ouais, je vois ce que tu veux dire. T'as pas besoin de moi ici.

— Pas plus que de la lèpre. Tout le monde veut te mettre la main dessus : t'es recherché par la police de Philadelphie, par tous les flics de Pennsylvanie, et dans pas longtemps c'est le FBI qui sera à tes trousses. T'as franchi la frontière entre deux États, ton affaire est en train de devenir fédérale.

— Alors, je ferais peut-être mieux de…

— Non, certainement pas, le coupa Clifton. Tu vas rester. T'as pas vraiment le choix. Quand t'es recherché par les fédéraux, le mieux c'est de rester planqué. Ils sont trop malins. Au moindre mouvement, ils te tombent sur le poil.

— Merci de me l'apprendre », grommela Eddie. Il ne pensait pas à lui. Ni à ses frères. Son esprit était entièrement focalisé sur la serveuse. Il se demandait si elle allait pouvoir rentrer saine et sauve à Philadelphie et remettre la voiture volée sur sa place de parking. Si c'était le cas, elle s'en sortirait. Les flics ne l'embêteraient pas. Ils n'auraient aucune raison de l'interroger. Eddie se répétait que tout allait bien se passer, mais il n'arrêtait pas de penser à elle et il craignait qu'elle ait des ennuis. Fais attention, je t'en prie, disait-il en pensée à Lena. Fais bien attention à toi.

Il entendit la fin de la phrase de Clifton : « … vraiment pas le bon moment pour débarquer ici. »

Eddie leva les yeux. Il haussa les épaules et resta muet.

« Tu parles d'une histoire, résuma Clifton. D'un côté, il y a ces types qui nous recherchent, Turley et moi. De l'autre, c'est les flics qui sont après toi. »

Eddie haussa une nouvelle fois les épaules. « Enfin, quoi qu'il en soit, ça fait plaisir d'être de retour à la maison.

— Ouais, répondit Clifton sur un ton ironique. Faut qu'on fête ça.

— C'est une occasion comme une autre.

— C'est un désastre, voilà ce que c'est. C'est… » Puis il se tut. Il sourit, se pencha par-dessus la table et donna un coup sur l'épaule d'Eddie. « Tu sais quoi ? C'est bon de te revoir.

— Pareil.

— Le café est chaud », annonça Clifton. Il se leva et se dirigea vers la cuisinière. Il revint avec des tasses remplies et les posa sur la table. « T'as bouffé ? Tu veux manger un morceau ?

— Non, répondit Eddie. J'ai pas faim. »

Ils restèrent assis à siroter leur café noir sans sucre. Clifton déclara : « Tu m'as pas raconté grand-chose sur la fille. Dis-m'en plus sur elle.

— Quelle fille ?

— Celle qui t'a amené ici. Tu m'as dit qu'elle était serveuse…

— Ouais. Là où je bossais. On a fait connaissance. »

Clifton l'observait avec attention, attendant qu'Eddie se livre davantage.

L'espace d'un instant, le silence s'installa. Ils continuèrent à siroter leur café. Puis Clifton dit quelque chose qu'Eddie n'entendit qu'à moitié, car il était incapable de se concentrer tant il pensait à Lena. Il regardait Clifton droit dans les yeux et semblait très attentif à ses paroles. Pourtant, dans son esprit, il était avec Lena. Ils allaient quelque part, marchant côte à côte. Et, tout à coup, ils s'arrêtaient. Il tournait la tête dans sa direction et lui demandait de s'en aller. Elle commençait à s'éloigner. Alors il la retenait, et elle souhaitait savoir ce qu'il voulait. Il lui demandait de partir. Ce qu'elle faisait à nouveau, et ni une ni deux, il la rattrapait. Mais, là encore, il insistait pour qu'elle s'en aille, il ne voulait pas la voir dans les parages. Il restait sur place à la regarder s'éloigner. Mais il ne pouvait le supporter et lui courait après. Très patiemment, elle lui demandait de prendre une décision. Il la priait de s'en aller.

L'histoire se répéta plusieurs fois pendant que Clifton lui relatait certains événements des dernières années, avec comme point d'orgue la virée de Turley à Philadelphie, sur Dock Street, où il avait tenté de renouer avec les relations qu'il s'était faites sur les quais, du temps de son travail de débardeur. Il cherchait un bateau. Les deux frères en avaient besoin pour s'éloigner du continent et mettre de la distance entre eux et ceux qui les recherchaient.

Ces personnes faisaient partie d'une société qui n'était ni déclarée ni enregistrée. Il s'agissait d'une très grande organisation qui opérait le long de la côte Est et s'occupait de marchandises de contrebande telles que des parfums d'Europe, des fourrures du Canada, etc. Employés par cette organisation, Clifton et Turley avaient été affectés au département qui gérait les aspects les plus physiques de l'activité, à savoir le détournement et l'extorsion, mais aussi parfois l'élimination pure et simple de la concurrence.

Quatorze mois plus tôt, Clifton avait décrété que lui et Turley n'étaient pas indemnisés à la hauteur de leurs efforts. Il alla en faire part à certains cadres de l'organisation et ces derniers lui rétorquèrent qu'il n'avait aucune raison de se plaindre et qu'ils n'avaient pas le temps d'écouter ses doléances. Ils lui signifièrent clairement qu'à l'avenir, il devait se tenir à l'écart du siège de la société.

À ce moment-là, le siège se trouvait à Savannah, en Géorgie. Les dirigeants changeaient constamment son emplacement, passant d'une ville à l'autre en fonction de la bonne ou de la mauvaise volonté dont faisaient preuve les autorités portuaires locales. À Savannah, une enquête était en cours et les dirigeants s'apprêtaient à partir pour Boston. Il fallait faire vite car les enquêteurs avançaient à grands pas, d'où une certaine confusion. Au milieu de ce marasme, Clifton et Turley mirent un terme à leur collaboration avec l'organisation. Ce faisant, ils emportèrent un petit souvenir avec eux. Deux cent mille dollars.

Ils se servirent dans le coffre-fort de l'entrepôt où se trouvait le siège de l'organisation. Ils commirent leur méfait tard dans la nuit, pénétrant l'air de rien dans les locaux et discutant avec trois de leurs collègues qui jouaient au pinochle. Lorsqu'ils eurent montré leurs armes, l'un des joueurs de cartes tenta de saisir la sienne, alors Turley lui administra un coup de pied dans l'aine, puis le frappa à la tête avec la crosse de son flingue, suffisamment fort pour l'achever. Les deux autres joueurs étaient Feather et Morris. Ce dernier eut chaud lorsque Turley souleva son arme pour donner un nouveau coup de crosse, mais Feather parla à toute vitesse pour leur faire une proposition.

Feather déclara qu'il serait préférable de faire le coup à quatre plutôt qu'à deux. Avec quatre de ses employés en moins, l'organisation serait confrontée à un grave problème. Feather fit également remarquer qu'il était beaucoup plus difficile de retrouver quatre hommes que deux. De plus, il ajouta que Morris et lui-même étaient eux aussi déçus du traitement qu'on leur réservait et qu'ils seraient contents d'avoir la possibilité de s'en aller. Feather continua à parler pendant que Clifton réfléchissait et que Turley se servait d'un chalumeau à acétylène pour percer le coffre-fort. Clifton comprit alors que Feather faisait preuve de bon sens, qu'il ne s'agissait pas simplement d'un effort désespéré pour sauver sa vie et celle de Morris. D'ailleurs,

Feather était une sorte de petit génie et, à partir de ce moment précis, ils auraient besoin de pas mal de jugeote, bien plus que ce qu'on pouvait en attendre de Turley. Pour Clifton, une autre bonne raison pour faire le coup à quatre était le besoin potentiel de compter un bon tireur dans leurs rangs, et dans cette catégorie Morris faisait largement l'affaire. Clifton savait ce dont Morris était capable avec une arme, qu'il s'agisse d'un .38 ou d'un pistolet-mitrailleur Thompson. Lorsque l'argent fut mis dans la mallette et que les deux frères sortirent de l'entrepôt, ils emmenèrent Feather et Morris avec eux.

Sur la route entre la Géorgie et le New Jersey, ils roulèrent à vive allure. En Virginie, ils furent repérés par des membres de l'organisation, ce qui donna lieu à une poursuite et à des échanges de coups de feu. Dans la bagarre, Morris se révéla fort utile. Il stoppa net la voiture des poursuivants en leur crevant un pneu avant et plus tard, sur une route secondaire du Maryland, il mit un terme à une autre tentative de l'organisation : penché par la vitre arrière, il logea une balle dans le visage du conducteur soixante-dix mètres plus loin. Ils ne rencontrèrent aucune autre résistance et, cette nuit-là, ils traversèrent un pont en direction du South Jersey. Feather pilotait la voiture comme un as. Alors que Clifton lui indiquait le chemin à suivre, il ne cessait de lui demander où ils allaient. Morris aussi était curieux. Clifton répondit qu'ils se rendaient dans un lieu où ils pourraient rester cachés pendant un certain temps. Feather voulut savoir si l'endroit en question était suffisamment sûr. Clifton acquiesça et décrivit la ferme, expliquant que, se trouvant à bonne distance de la ville la plus proche et en pleine forêt, elle était extrêmement difficile à localiser. Feather continua à poser des questions et à un moment, Clifton en eut assez et demanda à Feather de bien vouloir arrêter la voiture. Ce dernier le regarda, puis jeta un coup d'œil à Morris assis sur la banquette arrière à côté de Turley. Alors que Morris s'apprêtait à dégainer son arme, Turley lui assena un coup de poing au menton et l'assomma. Feather essaya de sortir de la voiture mais Clifton l'attrapa et le maintint tandis que Turley le frappait à la mâchoire, juste sous l'oreille. Puis Feather et Morris piquèrent un roupillon sur le bord de la route pendant que la voiture s'éloignait.

« … Ça aurait été plus malin de faire demi-tour et de les écraser, trancha Clifton. J'aurais dû réfléchir à ce qui allait se passer si je les laissais en vie. À ce que je vois, ils l'ont jouée fine. Feather est un sacré beau parleur. Il a su leur dire exactement ce qu'il fallait. J'imagine qu'il leur a expliqué qu'on leur a forcé la main, qu'ils ont pas eu le choix et qu'ils ont été obligés de se laisser faire. L'organisation les a donc repris. Mais pas tout à fait, non, pas encore. Feather et Morris doivent d'abord nous retrouver, Turley et moi. C'est un peu comme s'ils étaient à l'essai. Ils savent qu'ils doivent réparer leur faute pour être à nouveau acceptés. »

Clifton alluma une autre cigarette. Il continua à parler. Il raconta les manœuvres idiotes de Turley et l'erreur qu'il avait commise en le laissant partir à Philadelphie.

« … Je me doutais qu'il allait tout faire foirer. Mais il a juré qu'il serait prudent. Il n'arrêtait pas de me parler de ses relations sur Dock Street, de tous les capitaines de bateau qu'il connaissait, et de la facilité avec laquelle on pourrait s'arranger. Il a tellement insisté que j'ai fini par céder. Alors je l'ai conduit à Belleville, où il a pris le bus pour Philadelphie. Rien que pour ça, je devrais me faire examiner la tête. »

Eddie était assis, les yeux mi-clos. Il pensait encore à la serveuse. Il se somma d'arrêter, en vain.

« … Donc maintenant, cette histoire de fuite en bateau est tombée à l'eau. On se contente d'attendre en se demandant ce qui va se passer, et quand ça va arriver. Des fois, on part à la chasse aux lapins. C'est bien. Mais nous, on est encore plus mal barrés que les lapins. Eux au moins, ils peuvent s'enfuir en courant. On chasse aussi les oies sauvages. Bon sang, ce que je les envie, ces oiseaux.

» Je vais te dire quelque chose, poursuivit-il. C'est vraiment terrible d'être coincés ici. Ça devient même très pénible à la longue. Le matin, je déteste me réveiller parce qu'on a nulle part où aller. Avant, on en plaisantait, Turley et moi. Ça nous faisait rire. On a deux cent mille dollars de côté et aucun moyen de les dépenser. Même pas avec une fille. Certains soirs, j'ai tellement envie d'une femme…

» C'est pas une vie, je te le dis. C'est toujours la même routine, jour après jour. Sauf qu'une fois par semaine, il faut se taper les quinze kilomètres jusqu'à Belleville pour acheter de la bouffe. Chaque fois que je fais ce trajet, je suis à deux doigts de me pisser dessus. Si une voiture apparaît dans le rétroviseur, j'arrête pas de penser que ça y est, je suis foutu : c'est des hommes de main de l'organisation et je suis repéré, à leur merci. À Belleville, j'essaie de me la jouer cool, mais je te jure que c'est pas facile. Si quelqu'un me regarde avec insistance, je suis prêt à sortir mon flingue. Tiens, ça me fait penser… »

Clifton se leva. Il se dirigea vers l'étagère où se trouvait la collection d'armes et choisit un calibre .38. Il l'examina sous toutes ses coutures, puis ouvrit une des boîtes de munitions, chargea le revolver et le tendit à Eddie. « T'en auras besoin. Garde-le sur toi. T'en sépare jamais. »

Eddie regarda l'arme dans sa main. Il resta de marbre. Il glissa le revolver sous son pardessus, dans une poche extérieure de sa veste.

« Sors-le, demanda Clifton.

— Le flingue ? »

Clifton acquiesça. « Sors-le de ta poche. Montre voir comment tu dégaines. »

Eddie passa lentement la main sous son pardessus, impassible. Puis le revolver fut entre ses doigts et il le montra à Clifton.

« Recommence, dit Clifton en lui souriant. Range-le, et dégaine à nouveau. »

Eddie s'exécuta. L'arme lui semblait lourde, difficile à manier. Clifton riait doucement.

« Tu veux voir un truc ? demanda Clifton. Regarde. »

Clifton fit volte-face et se dirigea vers la cuisinière. Il avait les bras le long du corps. Arrivé devant la cuisinière, il tendit la main droite vers la cafetière. Au moment où ses doigts touchèrent la poignée, la manche jaunâtre de son manteau en poil de chameau ondoya, et presque au même instant il tenait fermement un revolver dans sa main droite, le doigt sur la détente.

« Tu vois le truc ? grommela Clifton.

— Je pense que ça demande de l'entraînement.

— Au quotidien, confirma Clifton. On s'entraîne au moins une heure par jour.

— À tirer ?

— Dans les bois. Sur tout ce qui bouge. Une belette, un rat, même sur les souris. S'il y a pas de bestioles, on utilise d'autres cibles. Turley lance une pierre en l'air et j'essaie de la toucher. Sinon, on se sert de boîtes de conserve. Dans ce cas-là, on s'entraîne au tir à longue distance. On en fait souvent.

— Turley se débrouille ?

— Il est mauvais… indécrottable. »

Eddie baissa les yeux sur l'arme qu'il tenait dans la main. Elle lui paraissait moins lourde à présent.

« J'espère que tu pourras t'améliorer, dit Clifton. Tu t'en crois capable ? »

Eddie souleva le revolver. La Birmanie lui revint à l'esprit. « Je pense que oui. J'ai déjà pratiqué.

— C'est vrai. J'avais oublié. Ça m'était sorti de la tête. T'as des médailles. T'en as descendu beaucoup, des Japs ?

— Quelques-uns.

— Combien ?

— En fait, je me suis surtout servi de ma baïonnette. Sauf avec les snipers. Avec eux, je me servais de mon .45.

— Tu veux un .45 ? On en a deux ou trois.

— Non, c'est très bien comme ça.

— J'espère. Ça va être un peu plus sérieux qu'à la fête foraine…

— Tu penses qu'ils vont bientôt débarquer ?

— Qui sait ? Dans un mois peut-être. Un an, sinon. Ou alors demain. En fait, j'en sais strictement rien.

— Peut-être qu'il se passera jamais rien.

— Si, ils vont venir. C'est certain.

— Tu sais, tu peux te tromper. L'endroit est pas facile à trouver.

— Ils vont finir par y arriver », grogna Clifton. Il observait fixement la fenêtre. Le store était baissé. Il se pencha par-dessus la table, le souleva légèrement et regarda dehors. Comme il resta un moment à scruter par la fenêtre, Eddie se retourna pour voir ce qu'il observait. Il n'y avait que la clairière enneigée, puis le blanc des arbres dans la forêt, et enfin le ciel noir. Dans la lumière émanant de la cuisine on pouvait apercevoir la remise, les toilettes extérieures et la voiture. C'était une berline Packard grise, d'aspect luxueux, dont le chrome était très brillant là où la calandre apparaissait sous le capot recouvert de neige. Jolie voiture, pensa Eddie, mais elle vaut pas un clou. Elle est pas blindée.

Clifton baissa le store et s'éloigna de la table. « T'es sûr que t'as pas faim ? demanda-t-il. Je peux te préparer quelque chose…

— Non », répondit Eddie. Il avait un creux dans le ventre, mais il savait qu'il ne pourrait rien avaler. « Je suis crevé. Je préfère dormir un peu. »

Clifton ramassa le fusil à canon scié et le cala sous son bras, puis les deux frères quittèrent la cuisine. Dans le salon, une autre lampe à pétrole était allumée et, dans sa lueur vacillante, on distinguait un tapis râpé, un très vieux canapé affaissé ainsi que deux fauteuils encore plus délabrés qui semblaient sur le point de s'écrouler.

Il y avait aussi un piano droit.

C'est toujours le même piano, pensa Eddie en regardant l'instrument fissuré qui avait un aspect quelque peu fantomatique dans la faible lumière jaune. Les touches du clavier usées par le temps ressemblaient à des dents cariées et tordues, l'ivoire était écaillé par endroits. Eddie resta devant l'instrument à le regarder, sans se rendre compte que Clifton l'observait. Il s'approcha du piano et tendit la main pour le toucher. Quelque chose l'en empêcha : sa main glissa sous son pardessus, jusque dans la poche de sa veste, et il sentit tout le poids du revolver.

Et alors ? se demanda-t-il en revenant à l'instant présent, assimilant tout ce que cela impliquait. On t'enlève le piano et on te donne une arme. Tu voulais faire de la musique, eh bien, à partir de maintenant, on dirait que c'est fini cette histoire, bel et bien fini. À partir de maintenant, ton truc c'est... le revolver.

Il sortit le .38 de sa poche. L'arme vint facilement, en douceur, et il la braqua en deux coups de cuillère à pot.

Il entendit Clifton dire : « Bravo. T'apprends vite.

— Peut-être qu'il se passe un truc entre ce flingue et moi.

— Bien sûr, confirma Clifton. À partir de maintenant, vous êtes inséparables. »

Eddie tenait l'arme avec assurance. Il la caressa. Puis il la remit dans sa poche et suivit Clifton vers l'escalier délabré. Les planches branlantes grincèrent tandis qu'ils montaient, Clifton tenant la lampe à pétrole. À l'étage, Clifton se tourna vers Eddie, lui tendit la lampe et lui demanda : « Tu veux réveiller Turley ? Pour qu'il sache que t'es là ?

— Non. Laisse-le dormir. Il en a besoin.

— D'accord. » Clifton fit un geste vers le bout du couloir. « Prends la chambre du fond. Le lit est fait.

— C'est toujours le même lit ? Celui avec les ressorts défoncés ? »

Clifton se tourna vers son frère. « Tu t'en souviens.

— Et comment ! Je suis né dans cette chambre. »

Clifton hocha lentement la tête. « T'es resté douze ou treize ans dans cette piaule.

— Quatorze, le corrigea Eddie. J'avais quatorze ans quand ils m'ont amené à Curtis.

— Où ça ?

— Au conservatoire... l'institut de musique Curtis. »

Clifton allait dire quelque chose mais se retint.

Eddie lui adressa un sourire. Il demanda : « Tu te souviens des lance-pierres ?

— Des lance-pierres ?

— Et de la limousine. Les gens de Curtis sont venus me chercher en limousine. Quand on a traversé les bois, toi et Turley vous avez tiré sur la voiture avec des lance-pierres. Ces personnes n'avaient aucune idée de qui vous étiez. L'une des femmes m'a interrogé : "Qui est-ce ?" et je lui ai demandé : "Les garçons, madame ? Les deux garçons ?" Elle a dit : "Ce ne sont pas des garçons, mais des bêtes sauvages."

— Et qu'est-ce que tu lui as répondu ?

— Je lui ai dit : "C'est mes frères, madame." Alors bien sûr, elle a essayé d'arrondir les angles et s'est mise à me parler de l'institut, à m'expliquer à quel point c'était un endroit merveilleux. Mais les pierres continuaient à pleuvoir sur la voiture et c'était comme si vous me disiez quelque chose. Que jamais je m'en irais vraiment. Que c'était rien qu'une question de temps. Qu'un jour je reviendrais vivre ici.

— Avec les bêtes sauvages, ajouta Clifton, un sourire en coin.

— Tu l'as toujours su ? »

Clifton acquiesça très lentement. « C'était obligé. On est faits du même bois, Eddie. Toi, moi et Turley. C'est dans notre sang. »

Comme ça, c'est clair, pensa Eddie. Limpide. Des questions ? Oui, j'en ai une. Au sujet de la violence. D'où vient-elle ? On l'a pas héritée des parents. J'imagine que ça a dû sauter plusieurs générations. Ça arrive de temps en temps. Un trait de caractère disparaît pendant une centaine d'années ou plus, puis il refait surface. Si on remonte assez loin dans le passé, il doit y avoir moyen de trouver des Lynn ou des Webster qui enchaînent les mauvais coups puis se planquent comme nous en ce moment. Si on voulait, on pourrait en faire une chanson folklorique. Pour rire, évidemment. Rien que pour rire.

Eddie souriait lorsqu'il passa devant Clifton et longea le couloir jusqu'à sa chambre. Puis il se déshabilla et se posta devant la fenêtre pour regarder dehors. La neige avait cessé de tomber. Il ouvrit la fenêtre et le vent s'engouffra. Il ne soufflait plus aussi fort à présent, c'était plutôt une légère brise. Mais l'air était encore glacé. J'aime bien quand il fait froid, pensa Eddie. Je dors mieux comme ça.

Il grimpa dans le lit affaissé, se glissa entre un drap déchiré et un édredon râpé, et cacha le revolver sous l'oreiller. Puis il ferma les yeux et commença à sombrer, mais quelque chose le titilla : de nouveau, il pensait à la serveuse.

Laisse-moi tranquille, s'agaça-t-il. Laisse-moi dormir.

Ensuite, il eut l'impression d'être dans un tunnel interminable. Lena partait dans l'obscurité et il la suivait. Il n'arrêtait pas de lui demander de le laisser tranquille. Il entendait ses pas s'éloigner et il lui courait après en lui répétant de s'en aller. Sans qu'un mot ne sorte de sa bouche, elle lui dit : Décide-toi, et il répondit : Impossible, j'y arrive pas. C'est une décision impossible à prendre en réfléchissant. C'est pas au niveau du cerveau que ça se passe.

Allez, s'il te plaît, endors-toi, s'implora-t-il. Mais il savait que c'était vain. Il ouvrit les yeux et s'assit. Il faisait très froid dans la chambre, mais il ne le ressentait pas. Les heures s'écoulaient sans qu'il n'ait aucune conscience du temps, pas même lorsque par la fenêtre apparut du gris, puis un gris plus clair, et enfin le gris-blanc de la lumière du jour.

À neuf heures passées de quelques minutes, ses frères entrèrent dans sa chambre et le trouvèrent assis en train de regarder par la fenêtre. Il discuta avec eux pendant un moment, sans être sûr du sujet de la conversation. Leurs voix semblaient floues et, derrière ses paupières mi-closes, il les voyait comme à travers un rideau. Turley lui tendit une flasque et il la saisit sans savoir ce que c'était. Turley lui demanda : « Tu veux te lever ? » Il commença à sortir de son lit et Clifton dit : « Il est encore tôt. On peut tous retourner se coucher. » Turley acquiesça et déclara qu'il serait agréable de dormir toute la journée. Turley et Clifton sortirent de la chambre et Eddie s'assit sur le bord du lit, regardant par la fenêtre. Il était tellement fatigué qu'il se demandait comment il avait pu garder les yeux ouverts. Plus tard, la tête sur l'oreiller, il essayait de s'endormir mais ses paupières refusaient de se fermer et ses pensées continuaient à partir dans tous les sens, à la recherche de la serveuse.

Vers onze heures, il s'assoupit enfin. Une heure plus tard, il ouvrit les yeux et regarda par la fenêtre. La lumière éblouissante du soleil de midi, réfléchie par la neige, entrait dans la pièce et lui faisait cligner les paupières. Il sortit du lit, se dirigea vers la fenêtre et resta planté devant à regarder dehors. Il faisait très beau, la neige scintillait d'un blanc-jaune et, dans la clairière, les arbres, recouverts de glace, étincelaient comme des joyaux. C'est très joli, pensa-t-il. Très joli, la forêt en hiver.

Quelque chose bougeait dehors, quelque chose marchait dans les bois et s'approchait de la clairière. Quelqu'un progressait lentement, avec hésitation, faisant preuve d'une certaine furtivité. Alors que l'inconnu dépassait les arbres et se rapprochait de la clairière, un rayon de soleil s'abattit sur lui, l'éclaira et révéla son identité. Eddie secoua la tête et se frotta les yeux. Il regarda à nouveau, il n'avait pas rêvé. C'est pas une vision, pensa-t-il. Ni un vœu pieux. C'est la réalité. Je vois bien ce que je vois et je sais que c'est réel.

Sors, se pressa-t-il. Sors vite et dis-lui de s'en aller. Tu dois l'empêcher de s'approcher de cette baraque. Parce que c'est pas une maison, mais un repaire pour animaux traqués. Si elle rentre là-dedans, elle en sortira jamais. Ils l'en empêcheront. Ils vont l'enfermer et la garder ici pour des raisons de sécurité. Ils l'ont peut-être déjà repérée, alors tu ferais mieux de prendre ton flingue. Ça a beau être tes frangins, tu sais que là, vous allez pas être d'accord, alors il faut que tu te bouges.

Une fois habillé, il sortit l'arme de sous l'oreiller, la glissa dans la poche de sa veste, puis enfila son pardessus en sortant de la chambre. Il avança silencieusement mais prestement dans le couloir, puis descendit l'escalier et sortit par la porte de derrière. Il y avait une belle hauteur de neige. Il se fraya un chemin dans la poudreuse, courant rapidement à travers la clairière en direction de la serveuse.

15

Elle l'attendait adossée à un arbre. Quand il arriva à son niveau, elle lui dit : « T'es prêt ?

— À quoi ?

— À prendre la route. Je te ramène à Philadelphie. »

Il fronça les sourcils et cligna les paupières, ses yeux posaient plein de questions.

« T'es complètement blanchi, lui apprit-elle. C'est écrit dans le rapport de police. Ils disent que c'était un accident. »

Les lignes se creusèrent sur le front d'Eddie. « Qu'est-ce que tu me racontes ?

— Je t'apporte un message. De la part de Harriet. Et des clients du Hut. Des habitués, quoi... Ils te sont restés fidèles.

— Ils sont de mon côté ?

— Jusqu'au bout.

— Et les flics ?

— Ils ont cru à leur version des faits.

— Pourtant, ils prennent pas en compte les témoignages rapportés. Il leur faut un témoin. Et j'en ai pas...

— T'en as trois. »

Il la dévisagea.

« Trois, répéta-t-elle. Du Hut.

— Ils ont vu ce qui s'est passé ? »

Elle esquissa un sourire. « Pas exactement.

— Tu leur as expliqué quoi dire ? »

Elle acquiesça.

Alors la scène lui apparut clairement. Il vit la serveuse en train de faire son laïus au Hut, parlant d'abord à Harriet, puis sortant pour rassembler les autres, sonnant aux portes de bon matin. Il les visualisa tous rassemblés au bar, la serveuse leur expliquant la situation et ce qu'il fallait faire. Comme un commandant de compagnie, pensa-t-il.

« Qui était de la partie ? demanda-t-il. Qui s'est porté volontaire ?

— Tous. »

Il inspira fortement. L'air frémit un peu en passant. Une boule dans la gorge, Eddie était incapable de parler.

« On a pensé que trois témoins suffiraient, reprit la serveuse. Plus, ça aurait paru louche. On a dû s'assurer que tout se tenait. Alors on en a choisi trois qui ont un casier judiciaire. Pour paris illégaux. Ils sont fichés comme joueurs.

— Pourquoi les avoir choisis ?

— Pour que leurs témoignages paraissent crédibles. D'abord, ils devaient expliquer pourquoi ils ont pas tout de suite prévenu la police. La raison, c'est qu'ils voulaient pas se faire arrêter pour paris illégaux. Et puis, d'après notre histoire, il fallait qu'ils soient à l'étage, à l'arrière du bar. Quand les flics ont voulu savoir ce qu'ils fabriquaient là-haut, ils avaient une réponse toute trouvée : ils avaient organisé une partie de dés.

— C'est toi qui les as préparés ?

— On a répété tout ça ensemble, je sais pas combien de fois. À sept heures et demie ce matin, j'ai pensé qu'ils étaient prêts. Ils se sont donc rendus au commissariat où ils ont tout déballé, puis ils ont signé leurs déclarations.

— Qu'est-ce qu'ils ont raconté ? C'est quoi leur version des faits ?

— Notre pièce maîtresse, c'était la fenêtre de la pièce du fond. De cette fenêtre, en regardant sur le côté, on peut voir l'arrière-cour.

— C'est assez proche ?

— Tout juste. D'après leurs dépositions, ils étaient à l'étage en train de jouer aux dés quand ils ont entendu du vacarme au rez-de-chaussée. Au début, ils y ont pas prêté attention, ils étaient en pleine partie et ils misaient gros. Mais plus tard, ils se sont rendu compte que ça chauffait drôlement en bas ; puis ils ont entendu la porte de service claquer quand tu t'es mis à poursuivre Plyne jusque dans la ruelle. Alors là, ils se sont précipités à la fenêtre pour regarder dehors. Tu vois le truc ?

— C'est parfait, concéda-t-il.

— Ils ont donné aux flics un compte-rendu détaillé de la bagarre, exactement comme tu me l'as racontée. Ils ont affirmé que t'avais jeté le couteau et essayé de parler à Plyne, mais qu'il refusait d'écouter, qu'il avait perdu la tête et qu'il t'avait sauté dessus. Ensuite, il t'a fait la prise de l'ours et a priori, ils pensaient que t'allais y passer. Ils ont déclaré que t'as saisi le couteau, que t'as essayé de le planter dans son bras pour qu'il te lâche et qu'à ce moment-là il a bougé et que la lame s'est enfoncée dans sa poitrine. »

Il regarda au loin derrière elle. « Et c'est tout ? Je suis vraiment blanchi ?

— Complètement, confirma-t-elle. Ils ont abandonné toutes les poursuites contre toi.

— Ils ont placé les joueurs en détention ?

— Non, ils se sont contentés de les incendier. Ils les ont traités de menteurs et les ont virés du commissariat. Tu sais comment sont les flics. S'ils sont pas sûrs de leur coup, ils préfèrent laisser tomber. »

Il la regarda. « Comment t'es venue ici ?

— En voiture.

— Avec la Chevrolet ? demanda-t-il en fronçant les sourcils. Ta propriétaire va…

— C'est bon. Cette fois-ci, j'ai loué sa bagnole. Je lui ai filé quelques billets, elle est très contente.

— C'est rassurant. » Mais il fronçait toujours les sourcils. Il se retourna pour regarder la maison de l'autre côté de la clairière. Son attention se portait sur les fenêtres de l'étage. Il grommela : « Où est la voiture ?

— Là-bas, dans les bois. Je voulais pas que ta famille me voie. J'ai pensé que s'ils me repéraient, ça pourrait se compliquer. »

Il avait toujours les yeux braqués sur la maison. « C'est déjà assez compliqué… Je peux pas partir comme un voleur.

— Pourquoi pas ?

— Eh bien, après tout… »

Elle le prit par le bras. « Viens.

— Faut vraiment que je leur dise que je pars.

— Qu'ils aillent au diable », s'emporta-t-elle. Elle tira sur son bras. « Viens, allez. On se barre de là.

— Non, grogna-t-il, les yeux toujours sur la maison. Faut que je les prévienne. »

Elle continuait de le tirer à sa suite. « Tu peux pas y retourner. C'est une planque. Ils nous entraîneraient dans…

— Pas toi, rectifia-t-il. Toi, tu vas m'attendre ici.

— Tu vas revenir ? »

Il tourna la tête de son côté pour la regarder. « Tu sais bien que oui. »

Elle le lâcha. Il s'élança à travers la clairière. Ce sera pas long, pensa-t-il. Je vais leur expliquer la situation et ils comprendront, ils sauront qu'ils ont aucune raison de s'inquiéter, que la ferme reste une bonne planque. D'un autre côté, tu connais Clifton : sa façon de penser, comment il fonctionne. C'est un professionnel. Pas du genre à prendre le moindre risque. Avec Turley, c'est différent. Lui, il est plutôt arrangeant et tu sais qu'il sera d'accord avec toi. J'espère que tu vas réussir à convaincre Clifton. Mais pas question de le supplier. Quoi que tu fasses, va surtout pas le supplier. Fais-lui savoir que tu t'en vas avec la serveuse et assure-lui qu'elle tiendra sa langue. Et s'il dit non ? S'il sort, qu'il la ramène à la maison et lui impose de rester ? À ce moment-là, faudra faire quelque chose. Peut-être qu'on en arrivera pas à cet extrême. Faut l'espérer en tout cas. On va tout faire pour éviter les problèmes. C'est mieux comme ça. Faut rester positif, se dire que tout va marcher comme sur des roulettes et que t'auras pas besoin de sortir ton arme.

Il avait traversé un peu plus de la moitié de la clairière, progressant rapidement dans la neige. Il se dirigeait vers la porte arrière, située à une vingtaine de mètres, puis plus qu'à une quinzaine de mètres, lorsqu'il entendit le bruit d'une voiture.

Et, avant même de se retourner pour voir, il sut : C'est pas la Chevrolet qui s'en va. C'est la Buick qui arrive.

Il pivota, les yeux braqués sur l'orée du bois, à l'endroit où sur le chemin de terre apparaissait la Buick vert pâle. La voiture avançait lentement, ralentie par la neige. Puis elle fit une embardée, la poudreuse giclant par gerbes au moment où les pneus dérapaient. La Buick arrivait plus vite à présent.

Ils l'ont suivie, pensa-t-il. Ils l'ont suivie depuis Philadelphie. Ils ont gardé leurs distances pour pas se faire repérer. Bien vu ! C'est sacrément bien joué, c'est sûr. C'est peut-être même un sans-faute.

Il vit Feather et Morris sortir de la voiture. Morris fit le tour de la Buick et s'approcha de Feather pour discuter avec lui. Morris désignait la maison du doigt et Feather secouait la tête. Ils étaient concentrés sur la façade et Eddie savait qu'ils ne l'avaient pas encore repéré. Mais ça va pas tarder, pensa-t-il. Un geste de plus et ils sauront que t'es là. Et cette fois, ça se passera sans discussion, sans pourparlers. Cette fois-ci, t'es sur la liste des gens à supprimer et ils vont essayer de te mettre hors d'état de nuire.

Ce qu'il te faut, c'est une tranchée. Ce serait bien pratique, là. Ou des jambes de sprinter. Ou mieux encore, une paire d'ailes. Mais je crois que tu vas devoir te contenter de la neige. La couche a l'air assez épaisse.

Il s'accroupit d'abord, puis se mit à plat ventre. Devant son visage, un mur blanc. Il passa sa main dedans pour créer une fente, à travers laquelle il pourrait regarder. Il vit Feather et Morris toujours debout à côté de la voiture, en pleine discussion. Morris faisait des gestes en direction de la maison et Feather secouait la tête. Quand Morris s'engagea vers l'habitation, Feather le retint. Ils parlaient fort, mais Eddie n'arrivait pas à comprendre ce qu'ils disaient. Il estima qu'ils étaient à une soixantaine de mètres de lui.

Et toi, t'es à une quinzaine de mètres de la porte de derrière. Tu veux tenter le coup ? Y a une chance que t'y arrives, mais elle est pas énorme, vu que Morris est là. Tu te souviens des propos de Clifton à son sujet, à quel point il est habile avec une arme. Je pense qu'on ferait mieux d'attendre encore un peu pour voir ce qu'ils vont faire.

Mais elle, alors ? Tu l'oublies ? Non c'est pas ça bon sang, et tu le sais très bien. Le truc, c'est que t'es certain qu'elle va bien évaluer la situation et rester où elle se trouve. Si elle bouge pas, elle court aucun risque.

Il vit alors Feather et Morris chercher quelque chose dans la voiture : des pistolets-mitrailleurs Thompson. Puis Feather et Morris se dirigèrent vers la maison.

Mais qu'est-ce que vous faites ? Vous misez tout sur le même cheval, c'est risqué comme pari. Ou alors, vous êtes peut-être nerveux, vous êtes à bout d'avoir attendu trop longtemps. En tout cas, c'est une erreur tactique, une grosse bourde et vous allez pas tarder à vous en rendre compte.

T'en es sûr ? se demanda-t-il. Tu crois vraiment qu'ils sont partis perdants ? Tu ferais mieux d'y regarder à deux fois et de bien mesurer leurs chances. Je pense que Clifton et Turley dorment, même si j'espère qu'ils ont entendu la voiture et qu'ils se sont réveillés. Mais c'est seulement ce que t'espères, et l'espoir, ça fait pas tout. S'ils dorment encore, il faut les réveiller.

Faut que t'agisses maintenant. Tout de suite. Après tout, y a que quinze mètres jusqu'à la porte. Peut-être que si tu rampes… Non, tu peux pas ramper. T'as pas le temps. Tu vas devoir courir. D'accord, je cours !

Il se leva et sprinta vers la porte. Il avait fait moins de cinq mètres lorsqu'il entendit la détonation d'un pistolet-mitrailleur et vit des perforations dans la neige devant lui, à quelques mètres sur le côté.

Rien à faire. T'y arriveras pas. Tu vas devoir faire semblant d'être touché. Et alors que cette pensée lui traversait l'esprit, il était déjà en train de s'effondrer. Il heurta la neige, roula sur lui-même et se coucha sur le côté, immobile.

C'est alors qu'il entendit d'autres détonations, des coups de feu provenant d'une fenêtre à l'étage. Il leva les yeux et vit Clifton, le fusil à canon scié à la main. Un instant plus tard, c'était Turley qui apparaissait à une autre fenêtre. Il était armé de deux revolvers.

Il sourit et pensa : En tout cas, t'as réussi ton coup. Tu les as réveillés. Pas de doute possible. Ils sont bel et bien debout et ils ont du pain sur la planche.

Feather et Morris couraient vers la voiture. Feather semblait avoir été touché à la jambe. Il boitait. Morris se retourna et déchargea une rafale sur la fenêtre de Turley. Ce dernier lâcha un de ses revolvers, porta la main à l'épaule et se mit hors d'atteinte. Ensuite Morris visa Clifton et déchargea une salve de balles. Clifton se mit rapidement à l'abri. Tout se passa très vite et Feather était maintenant à genoux, rampant derrière la Buick pour s'en servir de bouclier. Morris se rapprocha de la maison et envoya une nouvelle rafale sur les fenêtres de l'étage, maniant son pistolet-mitrailleur de manière à bien les arroser. Dans la maison, personne ne tirait plus. Morris continuait à viser les fenêtres de l'étage. Feather lui cria quelque chose, alors il abaissa son arme et marcha à reculons vers la Buick. Morris se tenait sur le côté de la bagnole, le pistolet-mitrailleur toujours pointé vers le sol mais, les yeux rivés sur les fenêtres, il semblait toujours prêt à faire feu.

Quelques instants plus tard, la porte arrière de la maison s'ouvrit et Clifton sortit en courant. Il tenait une petite valise noire à la main. Il courait vers la Packard grise garée à côté de la remise à bois. Alors qu'il approchait de la voiture, il trébucha, la mallette s'ouvrit et des billets s'en échappèrent. Clifton se pencha pour les ramasser. Morris ne s'aperçut de rien. Il surveillait toujours les fenêtres de l'étage. À présent, Clifton avait refermé la mallette et montait dans la Packard. Turley, tenant d'une main un fusil à canon scié et un revolver et serrant son épaule de l'autre, sortit à son tour pour rejoindre Clifton dans la berline.

Le moteur démarra et la Packard accéléra, partant de l'arrière de la maison et décrivant un large cercle, fonçant à travers la neige grâce à ses chaînes. La voiture roulait à présent à toute allure au milieu de la clairière, avec en ligne de mire le chemin de terre qui traversait les bois. Morris se servit à nouveau de son pistolet-mitrailleur Thompson, mais il était légèrement troublé et n'était plus aussi précis. Il tira sur un pneu mais fut un peu court. Il visa ensuite la vitre latérale avant mais toucha celle de l'arrière. Alors que Feather lui criait dessus, Morris continuait à tirer sur la Packard, courant à présent après la voiture qui le distançait. D'une voix éraillée, il s'époumonait après les deux frères, et le pistolet-mitrailleur Thompson crachait toujours, mais en vain car Morris ne parvenait pas à viser juste tellement il était en colère.

Feather, qui rampait sur le côté de la Buick, ouvrit la portière et se glissa derrière le volant. Morris avait cessé de courir mais mitraillait encore les deux frères. Turley riposta depuis la Packard : penché par la vitre ouverte, il tira avec le fusil à canon scié. Morris hurla, lâcha son pistolet-mitrailleur et se mit à sauter sur place, le bras gauche ballant, le poignet et la main rouge vif; le sang dégoulinait. Il continua à sautiller en poussant des cris terribles. Puis, de la main droite, il dégaina un revolver et tira sur la Packard qui traversait la clairière en direction du chemin de terre. Il rata largement son coup et la voiture s'éloigna dans les bois.

Feather ouvrit la portière arrière de la Buick et Morris monta à bord. La Buick fit un virage dérapé et fonça vers le chemin de terre à la poursuite de la Packard.

Eddie se redressa. En regardant sur le côté, il vit la serveuse sortir en courant des bois. Alors qu'elle traversait rapidement la clairière, il lui fit signe de reculer, de rester à couvert jusqu'à ce que la Buick soit partie. La voiture ayant un peu ralenti, il devina que Morris et Feather avaient repéré la serveuse.

Eddie plongea la main dans la poche de sa veste et en

sortit le .38. De son autre main, il continuait d'inciter Lena à reculer.

La Buick s'arrêta. Feather se servit du pistolet-mitrailleur pour faire feu sur la serveuse. Eddie répliqua en tirant à l'aveuglette, incapable de viser juste parce qu'il ne cherchait pas à faire mouche. Il continua à appuyer sur la détente, espérant que ça distrairait Feather de sa cible. Au quatrième coup de feu, il l'attira dans sa direction. Il entendit le sifflement des balles qui passaient au-dessus de sa tête et tira une cinquième fois pour s'assurer que le pistolet-mitrailleur reste braqué sur lui et le plus loin possible de Lena.

Il ne la voyait plus à présent, toute son attention étant focalisée sur la Buick. Feather avait cessé de faire feu et la voiture se remit en mouvement. Alors qu'elle prenait de la vitesse en se dirigeant vers le chemin de terre, il pensa : C'est la Packard qui les intéresse, ils partent à sa poursuite. Est-ce qu'ils vont la rattraper ? Aucune importance. T'as d'autres choses à penser. Comme à elle, par exemple. Parce que tu la vois pas. T'as beau regarder, tu la vois pas.

Elle est où ? Elle est retournée dans les bois ? Bien sûr, c'est ça. Elle y est partie en courant et elle t'attend là-bas. Donc tout va bien. Tu peux aller la voir maintenant. Les fauteurs de troubles ont quitté les lieux et moi, je suis bien content de pouvoir lâcher mon arme pour la retrouver.

Il laissa tomber le .38 et se mit à marcher dans la neige. Au début, il progressa vite, puis il ralentit et enfin, marcha au pas. En fin de compte, il s'arrêta pour regarder une forme qui était à moitié cachée par l'épaisse couche de neige.

Lena était allongée face contre terre. Il s'agenouilla à côté d'elle et prononça quelques mots, mais elle ne répondit pas. Puis, avec beaucoup de précautions, il la tourna sur le côté et regarda son visage. À la vue des deux impacts de balle sur son front, il détourna rapidement le regard. Puis il serra très fort les paupières et secoua la tête. Quelque part un bruit retentit, mais il ne l'entendit pas. Il gémissait sans s'en rendre compte.

Il resta un moment agenouillé à côté de Lena. Puis il se leva, traversa la clairière et s'enfonça dans les bois à la recherche de la Chevrolet. Il la trouva garée entre des arbres, près du chemin de terre. La clé sur le contact, alors il conduisit la Chevrolet jusqu'à la clairière. Il plaça le corps sur la banquette arrière. Reste plus qu'à s'occuper de la livraison, pensa-t-il. C'est rien qu'un paquet à acheminer.

Il l'emmena à Belleville. Sur place, les autorités le retinrent trente-deux heures. Pendant cet intervalle, on lui proposa à manger, mais il ne pouvait rien avaler. À un moment, on le fit monter dans une voiture officielle remplie d'hommes en civil et il les guida jusqu'à la maison dans les bois. Il avait à peine conscience de répondre à leurs questions mais, malgré tout, ses explications semblaient les satisfaire. Lorsqu'ils trouvèrent les balles des pistolets-mitrailleurs dans la clairière, cela corrobora l'histoire qu'il leur avait racontée à Belleville. Mais ils voulaient en savoir plus sur les raisons de cette échauffourée et il répondit qu'il ne pouvait pas leur en dire davantage. Il expliqua qu'il s'agissait d'une sorte de conflit entre ces malfrats et ses frères et qu'il n'était pas bien sûr d'en connaître la cause. Ils le passèrent sur le gril mais il répéta sans cesse : « Je peux pas vous aider », et c'était sincère. Il ne pouvait vraiment pas leur en dire plus parce que ce n'était pas clair dans son esprit. Il était très loin de tout ça et il s'en fichait un peu. Pour lui, cela n'avait plus aucune importance.

Puis, de retour à Belleville, on lui demanda s'il pouvait aider à établir l'identité de la victime. Les policiers lui apprirent que, malgré leurs recherches, ils n'avaient pas réussi à découvrir si elle avait de la famille, ni si elle avait occupé d'autres emplois avant de travailler au Hut. Il répéta ce qu'il leur avait déjà dit plusieurs fois, à savoir qu'elle était serveuse, qu'elle s'appelait Lena et qu'il ne connaissait pas son nom de famille. Ils voulaient en savoir davantage. Il déclara que c'était tout ce qu'il savait, qu'elle ne lui avait jamais parlé d'elle. Ils haussèrent les épaules et lui demandèrent de signer quelques papiers, après quoi ils le laissèrent partir. Juste avant de sortir, il leur demanda s'ils avaient trouvé où elle vivait à Philadelphie. Ils lui donnèrent l'adresse de la pension. Le fait qu'il ignore cette information les laissa quelque peu perplexes. Après son départ, l'un d'eux fit le commentaire suivant : « S'il la connaissait à peine, comme il l'affirme, pourquoi il prend ça autant à cœur ? Ce type a été tellement secoué qu'il est devenu fou. »

~

Plus tard dans la journée, à Philadelphie, il rendit la Chevrolet à sa propriétaire. Puis il regagna sa chambre. Sans réfléchir, il baissa le store et ferma la porte à clé. Devant le lavabo, il se brossa les dents, se rasa et se coiffa. On aurait dit qu'il s'attendait à recevoir de la visite et qu'il voulait être présentable. Il enfila une chemise propre, mit une cravate et s'assit sur le bord du lit, en attendant qu'on vienne le voir.

Il attendit longtemps. Il dormit par intermittence, tiré de son sommeil dès qu'il entendait des pas dans le couloir. Mais on ne s'approchait jamais de sa chambre.

Très tard dans la nuit, on frappa à la porte. Il ouvrit et Clarice entra avec des sandwiches et un gobelet de café. Il la remercia et dit qu'il n'avait pas faim. Elle déballa les sandwiches et l'obligea à les prendre. Elle s'assit et le regarda manger. La nourriture n'avait aucun goût, mais il réussit à l'avaler, en l'arrosant de café. Elle lui donna ensuite une cigarette, s'en alluma une pour elle et, après avoir tiré quelques bouffées, suggéra qu'ils aillent se promener. Elle lui dit que prendre l'air lui ferait du bien.

Il secoua la tête.

Elle lui conseilla de dormir un peu et sortit de la chambre. Le lendemain, elle revint le voir, apportant d'autres sandwiches. Pendant plusieurs jours, elle continua à faire de la sorte, l'incitant à se nourrir. Le cinquième jour, il fut capable de manger sans qu'elle ait à le forcer. Mais il refusait de sortir de sa chambre. Chaque soir, elle lui proposait d'aller se promener en lui expliquant qu'il avait besoin d'air frais et d'un peu d'exercice, mais il refusait. Ses lèvres lui souriaient, mais ses yeux la suppliaient de le laisser tranquille.

Nuit après nuit, elle lui demandait de venir se promener avec elle. Au neuvième soir, au lieu de secouer la tête, il haussa les épaules, enfila son pardessus et ils sortirent.

Ils marchaient lentement dans la rue, apparemment au gré du hasard. Mais soudain, dans l'obscurité, il aperçut la lueur orange de l'enseigne lumineuse à laquelle il manquait plusieurs ampoules.

Il s'arrêta. « Pas là. On va pas là.

— Pourquoi pas ?

— J'ai rien à y faire. C'est tout. »

Clarice le prit par le bras. Elle l'entraîna vers l'établissement.

Ils entrèrent dans le Hut. Le bar était bondé. Toutes les tables étaient occupées et il y avait trois ou quatre rangées de clients au comptoir. C'était la même foule bruyante, les mêmes habitués, sauf qu'à ce moment-là il y avait très peu de bruit. Rien qu'un faible murmure.

Il se demanda pourquoi le silence régnait dans le Hut. Puis il vit Harriet derrière le comptoir. Elle le regardait droit dans les yeux, le visage inexpressif.

Des têtes se tournèrent tandis que d'autres le dévisageaient déjà, alors il se dit qu'il devait sortir de là, et vite. Mais Clarice avait resserré son étreinte. Elle le tirait vers l'avant, le faisant passer entre les tables en direction du piano.

« Non. Je peux pas…

— Mais bien sûr que si », le coupa Clarice en continuant à le tirer vers le piano.

Elle le poussa sur le tabouret. Il s'assit, les yeux perdus sur le clavier.

Alors Harriet lança : « Allez, joue-nous un morceau. »

Mais je peux pas. Je peux pas.

« Joue, s'emporta Harriet. Pourquoi tu crois que je te paie ? On veut de la musique. »

Depuis le comptoir, quelqu'un cria : « Allez, Eddie. Mets-toi au clavier. Donne un peu de vie à ce rade. »

D'autres voix s'élevèrent, l'exhortant à se lancer.

Clarice lui souffla : « Vas-y. Ton public est là. »

Et ils attendent, se dit-il. Ils sont venus ici tous les soirs pour t'entendre.

Mais t'as rien à leur donner. T'as plus envie.

Il ferma les yeux. Une voix venue de nulle part lui chuchota : Tu peux toujours essayer. T'as rien à perdre.

Puis il entendit un son. Doux et chaud, il provenait d'un piano. C'est un bel instrument, pensa Eddie. Je me demande qui joue.

Il ouvrit les yeux et vit ses doigts caresser le clavier.

DU MÊME AUTEUR

Aux Éditions Gallimard

CAUCHEMAR, Série Noire, 1998 (Folio Policier nº 265)

LA PÊCHE AUX AVAROS, Série Noire, 1967 (Folio Policier nº 16)

LA NUIT TOMBE, Série Noire, 1966

LES PIEDS DANS LES NUAGES, Série Noire, 1962 (Folio Policier nº 244)

L'ALLUMETTE FACILE, Série Noire, 1958 (Folio Policier nº 139)

SANS ESPOIR DE RETOUR, Série Noire, 1956 (Folio Policier nº 37)

VENDREDI 13, Série Noire, 1955 (Folio Policier nº 279)

LE CASSE, Série Noire, 1954 (Folio nº 2490)

Composition : APS-ie
Impression Novoprint
à Barcelone, le 30 septembre 2024.
Dépôt légal : septembre 2024

ISBN 978-2-07-306335-9 / Imprimé en Espagne.

629122